Entretiens

Houang-po
Maître Tch'an du IXᵉ siècle

Entretiens

**Présentation
et traduction du chinois
par Patrick Carré**

Les Deux Océans

Cet ouvrage est dédié à la mémoire
d'Étienne Zeisler (1946-1990).

EN COUVERTURE :
détail de l'illustration de
L'Ode à la falaise rouge (XIIᵉ-XIIIᵉ s.).
Taipei (Taiwan), National Palace Museum.

ISBN 978-2-02-020151-3
(ISBN 2-86681-013-9, 1ʳᵉ publication)

A Madeleine

INTRODUCTION

Un certain commissaire de l'empereur de Chine, du nom de P'ei Sieou et adepte du bouddhisme Tch'an (Zen), rencontra un jour de l'an 842 le grand maître de méditation Si-yun du mont Houang-po.

Le maître était grand, fort et son front s'ornait en son centre d'une marque sublime. Contre les ardeurs du soleil, il n'arborait qu'un tout petit chapeau de paille où, avoua-t-il à Nan-ts'iuan, l'un de ses guides, il transportait des millions d'univers.

P'ei Sieou, en plus d'être un adepte du Tch'an, était un érudit et un très haut fonctionnaire. Ancien ministre d'Etat et proche de l'empereur, il était commissaire impérial chargé de la surveillance de Hong-tcheou lorsqu'il y rencontra le maître.

Hong-tcheou au Kiang-si était le centre d'une forme nouvelle et singulière de bouddhisme Tch'an, telle que le Patriarche Ma l'avait inspirée un siècle auparavant, laquelle infléchissait sa communication de l'Eveil vers son aspect de pur dynamisme expressif tout en cherchant la paix essentielle de la Réalité dans toutes ses manifestations plutôt que dans la sérénité coûte que coûte. « Ce qui peut maintenant parler et agir, écrit Tsong-mi, désirer et haïr, être bienveillant et patient, faire le bien et le mal, ressentir la douleur et le plaisir, ce n'est rien d'autre que notre bouddhéité. Tout ceci est éternellement le Bouddha. Il n'est ailleurs aucun autre Bouddha. »

Houang-po, descendant spirituel de Ma Tsou, avait trouvé l'Eveil et il enseignait la « méthode de l'esprit un » lorsque, en 842 précisément, commença la grande proscription du bouddhisme qui connut son apogée en 845 avec, entre autres, trois cents laïcisations de moines et de nonnes par jour. Or, le « Tch'an de Hong-tcheou » se moquait d'à peu près tout et, moine ou laïc, buffle ou cloporte, il voyait en chaque être vivant le « rejaillissement de notre pureté primordiale » et en toutes les situations de la vie, guerre ou paix, l'occasion, si l'on peut dire, d'une « silencieuse coïncidence », comme Houang-po appelait les « réalisations » spirituelles non-dualistes (en japonais *satori*). Ainsi, le commissaire P'ei Sieou, fidèle sujet et serviteur de sa majesté l'empereur Wou-tsong des T'ang, le proscripteur en personne, rencontra discrètement Houang-po dans la ville où il était en charge et le pria de lui transmettre son « sceau spirituel » au-delà de toute religion, de tout rituel et de toute spécificité culturelle. Il nota les paroles du maître dans ses carnets et les publia en deux rouleaux après sa mort : (1) *L'essentiel de la méthode de transmission de l'esprit (Tch'ouan-sin fa-yao)* (A) et (2) *le Recueil de Wan-ling (Wan-ling lou)* (B et C).

Dans le premier rouleau, il est essentiellement question de « l'esprit un » en tant que Réalité absolue ; du « non-esprit », en tant que Voie ; et de la « silencieuse coïncidence », en tant qu'entrée dans la Voie. Le second rouleau se divise en deux parties dont la première est encore de P'ei Sieou, et dont la seconde, plus composite, offre l'intérêt de présenter Houang-po dans ses rapports avec d'autres maîtres célèbres du Tch'an de Hong-tcheou, ainsi que de belles réponses à des questions portant sur des points de pratique précis.

Ces deux rouleaux sont écrits dans une langue très particulière où trois styles alternent régulièrement. A la pure langue littéraire, rythmée, sobre et décisive, se mêlent les clichés des soûtras bouddhistes qui, à grands coups d'hyperboles, dévoilent l'inconcevable, et la langue vulgaire des T'ang, comme une gifle, un sourire et la vie sans forcer.

Ma compréhension des parties A et B repose principalement sur les travaux d'Iriya et de Yanagida (cf. Bibliographie). Quant à la partie C, je l'ai traduite et annotée sur la lancée des sections précédentes, parfois acculé à la triste note « source inconnue »...

Malgré l'apparente clarté, l'aspect dilué de ce texte en français, malgré la relative simplicité du vocabulaire et de la phraséologie de l'original chinois, et au-delà de tous les essais, échecs et réussites d'approche philologique du texte lui-même, il est certaines difficultés dignes d'être signalées au lecteur avant son voyage au pays du Tch'an.

En premier lieu, *Les entretiens de Houang-po* s'adressent à tous ceux qui ne croient pas que la recherche spirituelle soit absurde. Ensuite, il est utile de connaître l'histoire et les particularités du bouddhisme en général et du Tch'an (Zen) en particulier. Nous disposons d'excellents ouvrages d'introduction en français, tels ceux de Silburn, Conze, Suzuki, Watts, Izutsu, auxquels il est souhaitable d''adjoindre une lecture approfondie des cinq livres suivants : Le *Vimalakīrti* de Lamotte, le *Lin-tsi* de Demiéville, le *Chen-houei* de Gernet, le *Houei-neng* de Houlné et le *Mazu* de Despeux. Ainsi paré « intellectuellement », et pour peu qu'on s'adonne à la méditation, on se rendra compte que, en dépit de l'aspect métaphysique de maints passages des *Entretiens*, Houang-po ne parle que de vécu, et que pour lui, l'unique vécu qui en vaille la peine, c'est l'Eveil, l'éveil à l'esprit un, l'accès au domaine absolu de la Réalité.

Houang-po, comme tous les maîtres spirituels, parle le langage de celui qui le questionne et l'écoute. Ici, P'ei Sieou, politique et intellectuel selon sa condition, incite Houang-po à user d'une langue pour le moins « *mādhyamika* », autrement dit, de jouer avec une « dialectique apophatique » se résorbant, ainsi que tout, dans sa suressentielle vacuité.

Le trait le plus frappant, la problématique même de ce texte, est son discours sur l'inexprimable. En disant l'indicible, il déploie le filet d'une communication aux sens infinis. Le maître affirme, le maître infirme... Mais je ne voudrais pas anticiper le plaisir du lecteur en train de découvrir l'ironie même de la mystérieuse aphasie qui fit la gloire de Pyrrhon...

Voici, en bref, quelques « concepts » particuliers à Houang-po, du moins tels que P'ei Sieou a cru bon les noter, sur lesquels il importe de ne pas se méprendre. Ces concepts ont ceci de remarquable que, depuis qu'existe la méthode d'illumination gnoséologique dite de la Connaissance Transcendante (Prajñāpāramitā), ils peuvent se définir à la fois par leur sens courant, selon la « vérité relative », et par leur sens « éveillé », dans la dimension de la « vérité absolue ».

(1) « Esprit », au sens relatif, désigne l'âme, la pensée, le cœur, tous les faits psychologiques, etc. Au sens absolu, il désigne la Réalité, « spirituelle » du point de vue de son extrême subtilité. L'originalité du Tch'an de Hong-tcheou réside dans son insistance, que le Zen japonais a dogmatisée, sur l'omniprésence de la Réalité, et spécialement de son fonctionnement dans l'esprit humain, mon esprit. Le plus souvent, on adjoint au mot « esprit » un qualificatif du genre « fondamental », « pur », « originel », etc., pour indiquer qu'il s'agit de la Réalité absolue.

(2) Le « non-esprit », synonyme « Voie », est une excellente manière de rappeler que l'esprit un est la Réalité et non un état particulier de l'esprit, pensée précise ou vague sensation. Je pense que le discours de Houang-po est essentiellement axé sur ce problème : Celui qui découvre le sens du mot « esprit » n'a plus besoin de chercher le Bouddha.

(3) Le Bouddha relatif est un « éveillé », par contraste

avec un « non-éveillé qui, s'étant mépris, erre » et porte le
nom technique d'« être vivant ». Pour Houang-po, ce Boud-
dha-là est un obstacle, car le Bouddha absolu est la Réalité,
la claire unité de tous les contraires.

(4) La « réalisation », synonyme « silencieuse coïncidence », en japonais *satori*, n'est autre que l'actualisation du
Réel, intellectuellement « compris », dans le vécu. Lors
d'une réalisation, le flou se fait évidence parfaite et dans
l'unité du sujet et de l'objet, les « êtres de raison »
réintègrent « l'étendue », selon la terminologie carté-
sienne...

(5) Pour traduire les termes philosophiques chinois *t'i*,
sĭng et *siang*, j'ai choisi des termes scolastiques et spino-
ziens de « substance », « essence » et « attributs » qui, me
semble-t-il, se prêtent fort bien à la description de la
Réalité.

La « substance » *(t'i, dhātu)* désigne l'ensemble « essence-
attributs ». Pour Spinoza comme pour le bouddhisme du
grand véhicule, la substance de l'esprit-Réalité est une et
infinie : tel est l'esprit un de Houang-po.

L'« essence » *(sing, svabhāva)* est la part immuable de
toute chose et son être fondamental. En termes contempla-
tifs, on l'appelle « vraie nature », « état naturel » et peu
importe de qui ou de quoi cette essence est la « nature
intrinsèque », puisque force est de constater, *in vivo*, que
toute « vision de l'essence » est une immensité infinie et
paisible appelée « vacuité ».

Les « attributs » *(siang, lakṣaṇa* et *nimitta)* sont l'expression de l'essence, expression sans laquelle la substance ne
saurait être. Houang-po, avec les adeptes de la pureté
primordiale, soutient (constate) que l'essence et les attributs font un dans la Réalité et même que tout ce que nous
percevons, vivons, est un attribut de l'esprit-Réalité, un
attribut et non la Réalité elle-même. L'enseignement de
Houang-po s'étend de ce fait sur la méthode de récognition
de « la chose dans son expression ». Le but du maître est de

nous faire découvrir la paix infinie de l'essence au sein même de la multiplicité, et c'est ici que son vocabulaire se nuance. Essence et substance gardent leur sens, mais les attributs ne restent ainsi nommés qu'au niveau tout-englobant de la vérité absolue. Dissociés de l'essence vide, ils prennent les noms de « caractères particuliers », « marques », « caractéristiques », « concepts ». Nous dirions que ce ne sont plus des attributs, mais des « modes ».

Houang-po, donc, pousse l'adepte à « se détacher des caractères particuliers », à ne plus les confondre avec l'essence, il l'accule à y retrouver les attributs de la Réalité, ce que l'Atiyoga appelle ses « ornements » ou ses « qualités », et enfin, il le force à réintégrer, par une « silencieuse coïncidence », la substance éternellement parfaite de cette Réalité. Moine bouddhiste du grand véhicule, l'Eveil de Houang-po est celui du Bouddha en tant que Tathāgata, c'est-à-dire personnification de la « talité », « rien de particulier », mais surtout pas le néant. Le Soûtra du Diamant et l'Enseignement de Vimalakīrti sont en ce sens ses ouvrages de référence préférés. Avec eux, il dit toute la part dicible de cette merveille infiniment subtile, toujours au seuil de l'absurde, à l'orée du nihilisme et pourtant, ce n'est là que pure compassion, expression spontanée et non-référentielle de la Réalité réalisée.

Les *Entretiens de Houang-po* sont la traduction du *Tch'ouan-sin fa-yao* édité en 1976 à Taïwan par la Société d'Edition Bouddhiste *(Fo-kiao tch'ou-pan-chö)*.

Préface

Il y avait un grand maître de Tch'an, appelé Si-yun en religion, qui vivait au pied du Pic des Vautours sur le mont Houang-po, près de Kao-an dans la préfecture de Hong[1].

Descendant en ligne directe du Sixième Patriarche de Ts'ao-si, fils spirituel de Pai-tchang et « neveu » de Si-t'ang, il était le seul détenteur, par-delà tout texte canonique, du sceau du véhicule suprême[2].

L'esprit un était son unique transmission et il n'avait pas d'autre méthode spirituelle. Cet esprit aussi est de subs-

---

1. Un « maître de Tch'an » est originellement un spécialiste de la concentration méditative (tch'an, dhyāna), par rapport aux maîtres ès méthodes (fa-che) ou aux maîtres de discipline (liu-che). Par la suite, cette expression vint à désigner les maîtres réalisés de l'école Tch'an.

Le Pic des Vautours (kieou-fong, gṛdhrakuṭa) est avant tout cette montagne sise près de Rājagṛha au Magadha, où le Bouddha enseigna la Prajñāpāramitā.

Le mont Houang-po se dressait à l'ouest de l'actuelle Fou-ts'ing au Fou-kien. Quand Houang-po s'installa au Kiang-si, il rebaptisa de ce nom la montagne où se trouvait son monastère Kouang-t'ang. Cf. C 1 a.

La préfecture de Hong (Hong-tcheou), appelée encore Tchong-ling, correspond à la ville actuelle de Nan-tch'ang au Kiang-si.

Kao-an est une petite bourgade située au sud-ouest de Nan-tch'ang, sur la rive nord de la rivière Tsin-kiang .

2. Le Sixième Patriarche de Ts'ao-si n'est autre que Houei-neng (638-713). Cf. A 16.

Houai-hai de Pai-tchang (720-814), maître spirituel de Houang-po, était disciple de Tao-yi dit Ma Tsou (709-788), lui-même disciple de Houai-jang de Nan-yue (677-744), disciple immédiat de Houei-neng. Quand à Tche-tchang de Si-t'ang (735-814), c'était un disciple de Ma Tsou et un condisciple de Pai-tchang.

tance vide et toutes les situations où il peut se trouver sont paisibles. Comme la grande roue du soleil qui s'élève dans le ciel, il rejaillit de lumières et sa pureté reste sans taches. Qui l'atteste n'y voit ni ancien ni nouveau, ni profondeur ni superficialité. Qui le prêche ne l'explique pas théoriquement, ne s'instaure pas fondateur d'école spirituelle, n'ouvre point boutique. On y accède directement, mais à la moindre réflexion, on s'en détourne, et c'est ultérieurement qu'on retrouve sa fondamentale bouddhéité.

Ainsi, ses paroles étaient simples, ses raisons directes, sa voie abrupte et sa pratique solitaire. Des quatre coins de l'empire les disciples affluèrent au mont (Houang-po), qui à la seule vue du maître s'éveillaient. Un millier de personnes formaient cet auditoire.

La deuxième année de l'ère Houei-tch'ang (842)[3], je fus nommé à Tchong-ling, où j'invitai le maître. Il quitta sa montagne et vint séjourner au monastère Long-sing. C'est là que du matin au soir je l'interrogeai sur la Voie.

La deuxième année de l'ère Ta-tchong (848), je fus nommé à Wan-ling. De nouveau, j'allai auprès du maître pour lui rendre hommage et le prier d'honorer de sa présence le siège de mon administration. Il descendit au monastère K'ai-yuan où, toute la journée, il me transmettait sa méthode spirituelle. Quand il fut reparti, je consignai ses enseignements par écrit en une douzaine de points, mais je n'osai montrer à tous le sceau spirituel qu'il m'avait confié.

Aujourd'hui cependant, craignant que disparaisse ce que j'ai compris, j'ai ressorti mes notes et les ai remises aux disciples T'ai-tcheou et Fa-tsien pour qu'ils les emportent au monastère Kouang-t'ang sur notre vieille montagne et demandent aux anciens si leur sens correspond à ce qu'ils avaient maintes fois ouï dans le passé.

Ecrit le huitième jour de la dixième lune de la onzième année de l'ère Ta-tchong (857) des grands T'ang.

3. Il est important de se rappeler que l'ère Houei-tch'ang fut celle de la proscription du bouddhisme ordonnée par l'empereur Wou-tsong.

L'ESSENTIEL DE LA MÉTHODE DE TRANSMISSION DE L'ESPRIT

(Tch'ouan-sin fa-yao)

1

Le maître dit à P'ei Sieou :
Tous les Bouddhas et tous les êtres vivants ne sont autres que l'esprit un : il n'est pas d'autre méthode spirituelle[1].

Depuis des temps sans commencement, cet esprit, jamais venu à l'existence, n'a jamais cessé d'exister ; ni bleu ni jaune[2], sans forme ni aspect, il ne relève ni de l'être ni du non-être, ni de l'ancien ni du nouveau ; il n'est ni long ni court, ni grand ni petit, au-delà de toute délimitation ou dénomination, au-delà de toute possibilité d'être perçu ou considéré comme un objet : Le voici, réalité en soi[3]. Mais à

1. D'un point de vue purement méthodique, on envisage l'esprit un sous deux angles. L'esprit un « phénoménal » désigne l'absence de toute pensée inadéquate, la « quiétude » (śamatha), et l'esprit un « absolu », l'accès au Réel, la « vision supérieure » (vipāśyanā). « Un » correspond à l'essence vide (śūnyatā) et « esprit » aux attributs « lumineux » (lakṣaṇa et prabhāsvara).
« Il n'y a pas de différence entre l'esprit, le Bouddha et les êtres vivants, » dit le *Soûtra de l'Ornementation fleurie*, et *Le Filet de Brahma* précise : « Les Bouddhas et les êtres vivants sont identiques en essence comme en apparence et forment un seul corps sans la moindre différenciation. Le Bouddha, ce sont les êtres vivants ; les êtres vivants, c'est le Bouddha. » Enfin, Pao-tche écrit dans son *Chant en quatorze points* (Che-sse k'o song) : « Le Bouddha et les êtres sont identiques ; / Les êtres vivants ne sont autres que le Bhagavân. »
2. Le bleu et le jaune représentent toutes les couleurs dans maints énoncés Tch'an de l'époque des T'ang (618-907).
3. L'expression *tang-t'i* signifie littéralement « la chose en question dans sa réalité intrinsèque », l'« en soi » kantien (selon Iriya, p. 11 n.) ou, plus précisément, « ça », au moment précis où on le perçoit, mais avant tout développement de cette perception.

la première considération, on divague... Illimité et inson-
dable, on dirait l'espace vide.

Ainsi, cet esprit un est le Bouddha, et entre le Bouddha et
les êtres vivants il n'est pas de différence. Cependant, les
êtres vivants cherchent toujours ailleurs en s'attachant à
des caractères particuliers, et en cherchant, ils en viennent
à tout perdre, car en envoyant leur idée du Bouddha à la
recherche du Bouddha et leur esprit à la recherche de
l'esprit, même à corps perdus pendant des kalpas, ils ne
peuvent aboutir à rien. Ils ignorent que le Bouddha
apparaît spontanément à celui qui arrête de l'évoquer en se
dégageant du processus de la pensée.

Cet esprit, donc, est le Bouddha et le Bouddha, c'est la
totalité des êtres vivants. Quand il est « être vivant », cet
esprit n'est en rien diminué et quand il est « Bouddha », en
rien accru, si bien que les six transcendances et l'infinité des
pratiques, de même que des mérites aussi nombreux que les
grains de sable du Gange, s'y trouvent fondamentalement
réunis au complet, sans qu'un exercice temporaire les y ait
ajoutés. Quand l'occasion se présente, ils s'expriment,
sinon, ils restent tranquilles[4].

Si vous ne croyez pas fermement que cet esprit est le
Bouddha et si vous voulez pratiquer en vous attachant à des
caractères particuliers pour obtenir des mérites, vous êtes
l'objet d'une totale méprise et vous vous écartez de la Voie.

Cet esprit est le Bouddha. Il n'est pas d'autre Bouddha et
pas non plus d'autre esprit. Cet esprit clair et pur ressemble
à l'espace vide, car en aucun point il n'a de forme
particulière. Susciter un état d'esprit particulier par le biais
des pensées, c'est dévier de la substance des choses et
s'attacher à des caractères particuliers. Or, il n'y a jamais

---

4. Cette assertion relève d'un pur « Tch'an de Hong-tcheou ». La fonction de
l'esprit véritable en sa substance est double : intrinsèque et extrinsèque.
Intrinsèque lorsqu'elle exprime son essence dans ses attributs, et extrinsèque
quand ces attributs se modalisent pour répondre aux différentes circonstances
jugées « hors l'Eveil ».

eu, depuis des temps sans commencement, de « Bouddha attaché aux particularités ». S'exercer aux six transcendances et à l'infinité des pratiques pour devenir Bouddha, c'est suivre une voie graduelle et, depuis des temps sans commencement, on n'a jamais vu de « Bouddha par degrés ». Il suffit de s'éveiller à cet esprit un pour « ne plus avoir la moindre réalité à trouver »[5] : tel est le Bouddha véritable.

Le Bouddha et les êtres vivants sont indistincts en l'esprit un qui, comme l'espace vide, n'est jamais confus et ne se dégrade pas. En effet, regardez le soleil qui éclaire le monde entier. A son lever, sa lumière se répand sur la terre, mais l'espace ne s'en trouve pas plus lumineux. Quand il se couche et que les ténèbres recouvrent la terre, l'espace ne s'assombrit point. La lumière et l'obscurité s'y chassent l'une l'autre, mais en sa nature, l'espace reste vide et inchangé. Il en est de même pour cet esprit du Bouddha et des êtres vivants.

Il y en a qui considèrent le Bouddha en lui prêtant les signes particuliers d'être pur, lumineux et libre, et les êtres vivants en leur prêtant les signes particuliers d'être impurs, obscurs et enchaînés au saṃsāra. Toutefois, ceux qui s'expliquent les choses de la sorte n'atteindront jamais l'Eveil même après d'innombrables kalpas, parce qu'ils s'attachent à des caractères particuliers.

Dans cet esprit un, donc, il ne reste plus la moindre réalité à trouver, car l'esprit est le Bouddha. De nos jours, les adeptes qui ne se sont pas éveillés à cet esprit en sa substance ne font que produire pensée sur pensée, chercher le Bouddha à l'extérieur et pratiquer en s'attachant à des caractères particuliers. C'est là une mauvaise méthode et non la Voie de l'Eveil.

---

5. « Dans l'Eveil suprême et parfait, ô Subhūti, je suis arrivé là où il n'y a plus la moindre réalité à trouver, et c'est cela que j'appelle Eveil suprême et parfait. » *Diamant*, ch. 22.

2

Il vaut mieux honorer un seul adepte du non-esprit que
les Bouddhas de tous les espaces[1]. Pourquoi ? Parce que le
non-esprit est l'absence de tout état d'esprit particuler. La
substance de la talité sous son double aspect[2] est intérieure-
ment immobile comme pierre et bois et extérieurement,
rien ne lui fait obstacle, comme l'espace vide. On n'y trouve
ni sujet ni objet, ni lieu ni orientation, ni aspect ni forme, ni
gain ni perte. Ceux qui se hâtent n'osent pas s'engager dans
cette méthode. Ils ont peur de tomber dans le vide[3] sans
plus avoir à quoi se raccrocher. Alors, ayant scruté l'abîme,
ils reculent et, tous sur le même modèle, ils partent en quête

---

1. Houang-po semble s'inspirer ici du Soûtra en quarante-deux articles (Sse-che-
eul tchang king) : « Mieux vaut offrir à manger à un seul adepte de la non-pensée,
de la non-fixation, de la non-pratique et de la non-attestation qu'aux centaines de
milliers de Bouddhas des trois temps. »
   Quant au « non-esprit » (wou-sin), autre nom pratique de l'Absolu, il ne faut
surtout pas en limiter le champ au « non-mental », à la négation, la suppression,
l'éradication des pensées et autres états d'âme. Le Wou-sin-louen (« Du non-
esprit », ms. Touen-houang, Stein, n° 5619) dit que le non-esprit n'est autre que
notre conscience psychosensorielle ordinaire, et Pen-tsing de Sse-k'ong en fait la
Voie, la méthode correcte. Le non-esprit est somme toute la meilleure explication
de l'esprit dans le langage de la Prajñâpâramitâ, et Houang-po ne tarira pas de
détails à ce sujet.
   2. Un peu de métaphysique expérimentale : « La substance de la talité sous son
double aspect » traduit le plus laconique jou-jou tche t'i. T'i, « substance », désigne
l'ensemble, le « corps » (t'i) de la situation présente et l'expérience vivante (t'i) qui
en est faite immédiatement, la substance du non-esprit. « Talité » traduit le
sanskrit tathatâ, « qualité d'être tel » ; « sous son double aspect » tente de rendre le
chinois jou-jou, littéralement « talité et talité ». On explique la première talité
comme découverte de l'essence de tout : non-duelle égalité ; et la seconde comme
le témoignage de cette découverte en chaque chose particulière.
   3. Ce qui, théoriquement, porte le nom de nihilisme. Le non-esprit n'est pas une
négation pure et simple. La vacuité n'est pas le néant. Le non-être n'est pas le
contraire de l'être, mais la somme illimitée des possibles qu'offre l'absence d'être
ceci ou cela, un étant déterminé.

de connaissances et d'opinions. C'est pourquoi, ceux qui recherchent les connaissances et les opinions sont (nombreux) comme des plumes, mais ceux qui s'éveillent à la Voie, (rares) comme une corne[4].

Mañjuśrī correspond au principe ultime et Samantabhadra, à la pratique. Le principe ultime est le principe de la vacuité que rien ne peut obstruer et la pratique, l'inépuisable pratique consistant à se détacher des caractères particuliers. Avalokiteśvara représente la grande compassion et Mahāsthāmaprāpta, la grande connaissance. Quant à Vimalakīrti, c'est-à-dire, « Pur Renom », « pur » désigne l'essence (de l'esprit) et « renom », ses attributs. Comme essence et attributs ne sont point distincts, on parle de Pur Renom. Ainsi, chaque homme possède ce qu'expriment les grands Bodhisattvas[5] : Rien d'autre que l'esprit un auquel il faut s'éveiller. Les adeptes actuels ne s'y éveillent point en se tournant vers leur propre esprit, mais en s'attachant à des caractères particuliers, ils s'approprient les objets extérieurs à leur esprit. Voilà qui revient à tourner le dos à la Voie.

Le Bouddha dit des sables du Gange, que foulèrent les Bouddhas, les Bodhisattvas, Indra, Brahma et tous les autres dieux, qu'ils n'en éprouvent aucune joie, de même que, foulés aux pieds par les buffles, les chèvres, les insectes, les fourmis, ils ne se mettent pas en colère. Ces sables ne désirent pas de précieux trésors ni d'encens raffinés et ils ne honnissent guère les excréments et autres puanteurs. De la

4. La métaphore des plumes et de la corne semble ici numérique, ce qui explique les parenthèses. Elle est pourtant célèbre dans le grand véhicule pour désigner l'irréalité universelle.

5. Mañjuśrī, Samantabhdra, Avalokiteśvara et Mahāsthāmaprāpta sont quatre grands Bodhisattvas incarnant toutes les qualités du saint compassionné et éveillé à la vacuité. Vimalakīrti représente le parfait « dévot laïc », le Bodhisattva à l'oeuvre dans la vie quotidienne. Il est le personnage principal du fameux *Soûtra enseigné par Vimalakīrti (VMK)* où sont exposées toutes les richesses du Mādhyamika.

même manière, cet esprit est un esprit sans l'esprit. Au-delà
de tous les caractères particuliers, les êtres vivants et les
Bouddhas n'y sont plus distincts et il suffit de connaître ce
non-esprit pour atteindre l'ultime. Sans accéder directement au non-esprit, les adeptes pourraient s'exercer pendant des kalpas qu'ils n'arriveraient jamais au terme de la
Voie. Enchaînés aux bonnes actions propres aux trois
véhicules, ils ne peuvent pas se libérer. Cependant, pour
attester cet esprit, il faut plus ou moins de temps. Il y en a
qui parviennent au non-esprit en écoutant l'enseignement
rien qu'un instant. Il y en a d'autres qui y parviennent au
terme des dix aspects de la foi, des dix activités, des dix
stations et des dix dédicaces. Il y en a encore qui y
parviennent en atteignant la dixième terre[6]. Restez aussi
longtemps que vous le pouvez dans le non-esprit. Vous
n'aurez alors plus rien à cultiver, plus rien à attester.

En réalité, il n'y a rien à trouver, mais la réalité n'est pas
le néant. Celui qui y parvient en un instant et celui qui y
parvient à la dixième terre ont exactement le même mérite,
sans que l'un soit superficiel et l'autre profond, car sans être
parvenu au non-esprit, on ne fait que peiner en pure perte
pendant des kalpas.

Faire le bien et faire le mal, c'est s'attacher à des
caractères particuliers. Produire du mal en y croyant, c'est
subir le saṃsāra pour rien. Faire le bien en y croyant, c'est
se donner beaucoup de mal pour pas grand-chose. Tout cela
ne vaudra jamais le fait de reconnaître soi-même sa propre
méthode spirituelle rien qu'en m'écoutant. Cette méthode,
c'est l'esprit, parce qu'en dehors de l'esprit, il n'est pas de
méthode. Cet esprit est la méthode, car en dehors de la

---

6. Pendant un grand kalpa, le Bodhisattva s'exerce aux dix aspects de la foi, aux
dix stations, aux dix activités et aux dix dédicaces ; pendant un autre grand kalpa,
il évolue de la première à la septième terre ; et pendant un troisième et dernier
grand kalpa, il évolue de la huitième à la dixième terre, où il atteint la parfaite
bouddhéité.

méthode, il n'est pas d'esprit. Bien que tout naturellement cet esprit soit non-esprit, le non-esprit n'a pas non plus d'existence en tant que telle. Amener l'esprit au non-esprit, c'est encore accorder l'existence à l'esprit. Une silencieuse coïncidence suffit pour que s'arrête le discours intérieur. C'est pourquoi, il est dit que :

« Lorsqu'aux mots la route est coupée,
Les activités mentales s'arrêtent[7]. »

Cet esprit est notre primordialement pure bouddhéité, que tous les hommes détiennent. Tout ce qui grouille et a une âme forme avec les Bouddhas et les Bodhisattvas une seule et même substance. C'est seulement parce que nous nous méprenons à différencier que nous créons toutes sortes d'actions entraînant réaction.

3

Il n'est rien dans notre fondamentale bouddhéité, si ce n'est un vide ouvert et paisible, une clarté merveilleuse et pleine de félicité, où la réalisation profonde et spontanée plonge directement. Tout est là, parfaitement complet, plus rien ne fait défaut. Pratiquerait-on courageusement pendant trois kalpas incalculables, en passant par tous les degrés de la carrière[1], qu'au très bref instant de la réalisation, on ne serait le témoin d'autre chose que de sa

7. Cette citation, chère au Tch'an, provient du *Collier de perles*, ch. « de la causalité ».
1. La carrière du Bodhisattva comporte cinquante-deux degrés. Cinq fois dix, comme nous l'avons vu *n. 6 de la section précédente*, auxquels s'ajoutent l'éveil d'égalité et l'éveil merveilleux.

propre bouddhéité originelle et spontanée, sans rien y ajouter. Considérez plutôt les mérites accumulés durant les kalpas comme les activités trompeuses que l'on a en rêve. C'est en ce sens que le Tathāgata déclare : « Dans l'Eveil suprême, je n'ai en fait rien trouvé, car si j'avais trouvé quoi que ce soit, le Bouddha Dīpamkara n'aurait pas prédit ma venue[2]. » Et encore : « Cette réalité, c'est l'égalité sans haut ni bas, l'Eveil[3]. »

Voici donc notre primordialement pur esprit : il n'y est pas de différence entre les êtres vivants et les Bouddhas, les montagnes et les fleuves du monde, ce qui a forme et ce qui n'en a pas, et la totalité des univers de tous les espaces y forme une parfaite égalité, sans les caractères particuliers du « même » et de « l'autre ». Ce primordialement pur esprit est toujours en plénitude et sa luminosité éclaire toutes choses. Ne l'ayant pas réalisé, les gens du commun confondent cet esprit avec leur conscience ordinaire. Leur conscience ordinaire les obscurcit et ils n'aperçoivent pas la subtile clarté de leur être fondamental. Car quand on saute directement dans le non-esprit, l'être fondamental se manifeste de lui-même, comme la grande roue du soleil qui s'élève dans l'espace vide en illuminant tous les horizons sans rencontrer le moindre obstacle. Ainsi, l'adepte qui ne reconnaît que sa conscience ordinaire rejette cette conscience pour « passer à l'action »[4], mais de la sorte, il se coupe immédiatement la voie d'accès à l'esprit, qu'il ne peut donc plus atteindre. Reconnaissez votre esprit fondamental uniquement dans votre conscience ordinaire, parce que, si votre esprit fondamental n'appartient pas à votre conscience ordinaire, il n'en est pas non plus séparé. Il vous suffit de ne pas théoriser sur votre conscience ordinaire, de

2. *Diamant*, ch. 17.
3. *Ibid.*, ch. 23.
4. Il cherche une pratique spirituelle radicalement différente de la vie et de la conscience ordinaires.

ne pas avoir de pensées à son sujet, de ne pas non plus vous en séparer pour chercher l'esprit et de ne pas la rejeter pour vous emparer de la méthode. Rien de médiat ou d'immédiat, rien qui demeure ou s'accroche, en tous sens rien que liberté, et partout le lieu même de la Voie.

Quand les gens ordinaires entendent parler de la méthode de transmission de l'esprit de tous les Bouddhas, ils affirment qu'il y a en plus de cet esprit une méthode que l'on peut attester, saisir. Ils partent alors avec leur esprit à la recherche de cette méthode, en ignorant que cet esprit est la méthode et que la méthode, c'est l'esprit. On ne peut pas avec l'esprit chercher un autre esprit. Essaierait-on pendant des milliers et des milliers de kalpas qu'on ne trouverait, en fin de compte, rien. Mieux vaut accéder sur le champ au non-esprit, car telle est la méthode fondamentale. C'est comme ce brave qui a perdu la perle de son front[5]. Il la cherche ailleurs, dans toutes les directions, sans jamais la trouver. Qu'un sage la lui montre et immédiatement il voit par lui-même que sa perle est là, entre ses sourcils, où elle a toujours été. Les adeptes donc ont perdu leur esprit fondamental, ils n'y reconnaissent pas le Bouddha, qu'ils cherchent ailleurs, ils se livrent à des pratiques méritoires et, suivant la voie du témoignage progressif, ils poursuivent des kalpas durant leur quête acharnée et jamais ne parviennent au terme de la Voie. Ils feraient mieux d'accéder directement au non-esprit !

Quand on sait avec certitude que rien n'a, au fond, d'existence qu'on ne peut rien trouver et qu'on a alors rien sur quoi s'appuyer, se fixer, qu'il n'y a pas de sujet ni

---

5. La parabole de la perle qui orne le front du brave apparaît au chapitre « de l'essence du Tathāgata » du *Soûtra du grand parinirvāṇa*. Cette perle adamantine représente notre bouddhéité fondamentale qui, au hasard de nos combats, s'est logée profondément dans la peau de notre front, si bien que jusqu'à ce qu'un sage médecin nous présente un miroir, nous n'avons plus voulu croire à son existence.

d'objet, plus aucune pensée erronée ne s'agite et l'on atteste l'Eveil. Lorsque vient le moment de témoigner de la Voie, c'est seulement de son propre esprit-Bouddha fondamental qu'on témoigne. Des kalpas de mérites ne sont que vaines pratiques. Quand le brave retrouve sa perle, ce qu'il trouve n'est autre que la perle qu'il avait déjà au front et non le fruit d'une ardente recherche tournée vers le dehors. Par conséquent, le Bouddha dit : « Dans l'Eveil suprême, je n'ai en fait rien trouvé[6]. » Mais, craignant qu'on n'ait pas confiance en lui, il parla de ce que voient les cinq yeux et de ce que disent les cinq discours[7] : la réalité n'est pas un simple vide. Telle est la vérité absolue.

4

Que les adeptes n'aient pas de doutes :
Leur corps est fait des quatre éléments[1], lesquels n'ont pas de « moi », et ce moi n'a pas de maître. Ils savent ainsi

---

6. *Cf. A I n. 8.*
7. Les cinq yeux, ou regards, apparaissent dans le *Diamant*, ch. 18. Ce sont l'oeil de chair, l'oeil divin, l'oeil de sagesse, l'oeil spirituel et l'oeil du Bouddha.
Les cinq discours viennent du même soûtra, ch. 14. Cf. Appendice.
1. « La maladie résulte du concours de méprises radicalement fausses. Puisqu'elle est issue d'imaginations fausses et de passions, il n'y a là, en vérité absolue, aucun être réel dont on puisse dire qu'il soit malade.
« Comment cela ? Le corps provient des quatre grands éléments et, dans ces éléments, il n'y a ni maître ni générateur.
« Dans le corps, il n'y a pas de moi. Si l'on écarte l'adhésion au moi, il n'y a ici, en vérité absolue, rien qui puisse s'appeler maladie. » *VMK*, ch. 4, trad. Lamotte, p. 228.
Les quatre éléments, terre, eau, feu et air, sont des principes énergétiques matériels dont l'analyse systématique révèle la vacuité. Le « moi » (*âtman*) correspond à l'en-soi d'une entité totalement indépendante. Chaque étant s'attribue l'absolu de l'Etre, confondant ainsi les attributs avec la substance, lesquels ne font qu'exprimer l'essence tout en n'étant pas cette essence.

que ce corps n'a ni moi ni maître. Leur esprit est fait des cinq agrégats[2], lesquels n'ont ni moi ni maître. Ainsi savent-ils que leur esprit individuel n'a ni moi ni maître. Les six organes sensoriels, les six objets des sens et les six consciences naissent et s'éteignent au fil de leurs associations et sont comme ce qui précède[3]. Puisque ces dix-huit sphères psychosensorielles sont vides, tout est vide et seul existe notre esprit fondamental dont la pureté rejaillit à jamais.

Il y a deux façons de se nourrir[4] : l'une se rapporte à la conscience ordinaire et l'autre, à la sagesse. Les affres de la faim sont des affections normales du corps fait des quatre éléments, auxquelles on rémédie de manière adéquate, sans attachement ni désir. Telle est la façon de se nourrir propre à la sagesse. Les préférences dans les goûts fondées sur des caprices, la discrimination erronée, la recherche exclusive du plaisir sans jamais la moindre satisfaction ou le moindre détachement, voilà ce qu'on appelle une alimentation propre à la conscience ordinaire.

Les Auditeurs parviennent à la réalisation grâce au son de la voix, et c'est pour cela qu'on les appelle « Auditeurs ». Cependant, ils ne comprennent pas leur propre esprit et théorisent sur la doctrine telle que la voix l'exprime. Que ce soit grâce à des pouvoirs magiques, à des signes propices, à

2. Les cinq agrégats constituent la substance du moi illusoire : formes-matière, sensations, représentations, associations et consciences. L'analyse du quintuple agrégat conclut également de sa totale vacuité.
3. C'est-à-dire vides. Les six organes sensoriels sont les yeux, les oreilles, le nez, la langue, les corpuscules tactiles et le système nerveux central. Les six objets des sens sont les formes-couleurs, les sons, les odeurs, les saveurs, les tangibles et les éléments du réel. Les six consciences jaillissent de l'interaction des sens avec leurs objets. Ce sont les consciences visuelle, auditive, olfactive, gustative, tactile et mentale.
4. Iriya (p. 29) se demande si le passage qui commence ici et se termine deux paragraphes plus bas (« ...alimentation propre à la conscience ordinaire ») n'est pas un ajout, une illustration de ce qui précède.

des paroles ou à des mouvements, ils apprennent qu'il existe un Eveil, un nirvāṇa et pendant trois incalculables kalpas ils s'exercent sur une voie d'accomplissement de la bouddhéité. Mais tout cela relève de la voie des Auditeurs et produit ce qu'on appelle des Bouddhas au niveau d'Auditeur. Il suffit pourtant de comprendre directement et instantanément que son propre esprit a toujours été le Bouddha pour ne plus avoir à trouver la moindre réalité ni à s'exercer à la moindre pratique, ce qui est la Voie sans supérieure menant au Bouddha de vraie talité.

La seule chose que l'adepte doit craindre, c'est qu'une seule pensée le détourne immédiatement de la Voie. L'absence de caractères particuliers à chaque instant, l'absence d'activité intentionnelle à tout moment, voilà précisément le Bouddha. Que les adeptes qui veulent devenir Bouddha n'étudient rien de la méthode spirituelle du Bouddha ! Non-recherche et non-attachement suffisent. La non-recherche, c'est la non-émergence de l'esprit, et le non-attachement, sa non-disparition. Or, ce qui n'émerge pas et ne disparaît jamais, c'est le Bouddha, précisément. Les quatre-vingt-quatre mille méthodes qui correspondent aux quatre-vingt-quatre mille passions ne sont que des façons de convertir et d'accueillir[5]. Il n'y a jamais eu de méthode spirituelle. Le détachement est la méthode et qui connaît le détachement, Bouddha[6]. Une fois que l'on s'est détaché de toutes ses passions, on n'a plus d'autre réalité à trouver.

---

5. *Kiao-houa tsie-yin* : « Convertir », c'est amener à la spiritualité et « accueillir », c'est donner au néophyte, et à titre exclusivement provisoire, des points de référence.
6. Cf. *Diamant*, ch. 14, Appendice.

5

Il suffit aux adeptes qui veulent connaître une formule secrète essentielle de ne rien accrocher à leur esprit. Quand on parle du véritable corps absolu[1] du Bouddha, on le compare au ciel[2]. Il est métaphorique de dire que le corps absolu « est » le ciel et que le ciel est le corps absolu. Les gens ordinaires disent que le corps absolu occupe l'espace céleste, que cet espace est le contenant du corps absolu. Ils ignorent que le ciel est le corps absolu, que le corps absolu est le ciel. Quand on affirme l'existence du ciel, le ciel n'est plus le corps absolu. Quand on affirme l'existence du corps absolu, ce corps n'est plus le ciel. Il suffit de ne pas expliquer conceptuellement le ciel pour que celui-ci soit le corps absolu et de ne pas expliquer conceptuellement le corps absolu pour que celui-ci soit le ciel. Il n'y a pas de différence entre le ciel et le corps absolu, pas de différence entre le Bouddha et les êtres vivants, pas de différence entre le samsāra et le nirvāna, pas de différence entre les passions et l'Éveil. « Qui s'est détaché de tous les caractères particuliers est Bouddha[3]. »

1. « Corps » est l'ensemble des choses, et « absolu », leur ultime réalité. Le corps absolu est donc l'actualisation de notre potentiel bouddhique appelé « embryon de Tathāgata ». Cette actualisation est essentiellement vide — corps absolu — et cette absence de détermination se vit dans une sorte d'aperception trancendantale appelée « connaissance » (prajñā) — corps formel. La pureté-vacuité de cette connaissance est dite « corps de jouissance » et sa compassion, sa « toute-utilité », « corps d'apparition ». Cf. Suzuki, Le non-mental..., ch. 7, p. 201 sq.

2. « Le corps absolu est comme le ciel :/ Pour répondre aux êtres,/ Il se manifeste en formes/ Pareilles aux reflets de la lune dans l'eau. » Soûtra de la lumière d'or (Kin-kouang-ming king), ch. « des quatre rois divins », in Iriya, p. 34.

3. Diamant, ch. 14, cf. Appendice.

Les gens du commun préfèrent les objets et les mystiques, l'esprit. La vraie méthode consiste à oublier à la fois les objets et l'esprit. Or, s'il est facile d'oublier les objets, ils est très difficile d'oublier son esprit. Les gens n'osent pas oublier leur esprit, ils ont peur de tomber dans le vide sans avoir à quoi se raccrocher, parce qu'ils ignorent que la vacuité n'est pas un vide, mais le domaine absolu, unique et véritable. Notre nature d'Eveil surnaturel[4] a, depuis des temps sans commencement, le même grand âge que le ciel. Elle n'est jamais venue à l'existence et jamais ne l'a quittée, elle n'a jamais existé ni été un néant, elle ne s'est jamais souillée ni purifiée, elle n'a jamais été bruyante ni silencieuse, ni jeune ni vieille, elle n'a ni lieu ni direction, ni dedans ni dehors, ni nombre ni quantité, ni forme ni aspect, ni couleur ni silhouette, ni son ni voix; on ne peut la chercher, y aspirer, la connaître au moyen de la sagesse, la saisir avec les mots, la rencontrer dans les objets, l'atteindre avec des mérites... Les Bouddhas et les Bodhisattvas partagent avec tout ce qui grouille et a une âme cette nature de grand nirvāṇa. Cette nature est l'esprit, l'esprit est le Bouddha, et le Bouddha n'est autre que la méthode. Un seul instant quitter l'authenticité, c'est avoir des concepts erronés pour toujours. Il est impossible de chercher l'esprit avec l'esprit, impossible de chercher le Bouddha avec le Bouddha, impossible de chercher la méthode avec la méthode. Par conséquent, c'est directement que les adeptes accèdent au non-esprit. Il suffit pour cela d'une silencieuse coïncidence, vu qu'à la moindre intention on se trompe. Transmettre l'esprit avec l'esprit, c'est la vue correcte.

Faites attention à ne pas poursuivre les objets à l'extérieur, car en prenant les objets pour l'esprit, « vous

---

4. Notre potentiel bouddhique. Houang-po en décrit l'expérience, celle de l'esprit un, du corps absolu.

reconnaissez vos fils en ceux qui vous pillent[5] ». C'est parce
qu'il existe le désir, la haine et l'ignorance que sont
immédiatement instaurées la discipline, le recueillement et
la connaissance[6]. S'il n'y avait jamais eu de passions,
comment l'Eveil pourrait-il exister ? C'est en ce sens que le
Patriarche[7] déclara : « Le Bouddha a enseigné toutes les
méthodes qui nous permettent de nous débarrasser de
toutes nos pensées. Or, je n'ai aucune pensée. A quoi me
serviraient ces méthodes ? » N'accrochez donc rien à votre
primordialement pure bouddhéité. Elle est comme le ciel :
la décorerait-on d'innombrables pierres précieuses qu'aucune ne pourrait rester. La bouddhéité est pareille au ciel :
bien qu'elle se pare d'innombrables mérites et formes de
sagesse, rien de tout cela n'y est fixé. Il suffit de s'égarer par
rapport à sa nature fondamentale pour, de tours en détours,
ne plus la voir.

Dans ce qu'on appelle « méthode de la terre de l'esprit[8] »,
tout se fonde sur cet esprit. Celui-ci existe quand un objet le
sollicite et n'existe pas en l'absence d'objet. Mais on ne peut
pas expliquer l'objet en l'ajoutant à notre pure nature.

---

5. Cette image vient du ch. 1 du *Soûtra de la marche héroïque* (*Leng-yen-king*,
Sûraṅgama).

6. Les trois entraînements remédient aux trois poisons : la discipline réduit le
désir-attachement ; le recueillement résout la colère-agressivité ; et la connaissance détruit l'ignorance.

7. Houei-neng, le Sixième Patriarche du Tch'an chinois. *Cf. B 4 n. 2.*

8. « L'esprit est maître au sein du triple monde, dit le *Soûtra de la contemplation
de la terre de l'esprit* (*Ta-cheng pen-cheng sin-ti-kouan king*, ch. 8). Qui sait
contempler l'esprit finit par se libérer. Qui ne le sait se noie plus profondément.
L'esprit des êtres vivants est comme la terre qui produit les cinq céréales et les
cinq fruits. C'est la loi de l'esprit que d'engendrer les choses mondaines et
extramondaines, le bien et le mal, les cinq destinées, les voies avec et sans
entraînement, l'éveil solitaire, l'état de Bodhisattva et celui de Bouddha. Ainsi, le
triple monde, issu de causes et de circonstances, n'est autre que l'esprit, et cet
esprit se nomme *terre*. » On dit encore que Bodhidharma, le Premier Patriarche de
Chine, transmit à Houei-k'o « la méthode de la terre de l'esprit du Tathâgata » en
lui léguant le *Laṅka*. Voici le quatrain de Ma Tsou sur la terre de l'esprit : « Toute
chose est chose de l'esprit./ Et tout nom, nom de l'esprit./ Toute chose provient de
l'esprit,/ Tout a pour source l'esprit. »

Quand on dit que « le recueillement et la connaissance fonctionnent comme un clair miroir[9] », ou quand on parle de « conscience ordinaire alerte bien que tranquille[10] », on explique l'esprit en en faisant un objet, et cela peut momentanément éclairer les gens de facultés moyennes et inférieures. Si vous voulez en faire vous-même l'expérience, vous ne devez plus vous expliquer les choses de cette façon, car cela vous enchaîne totalement à l'objet. Dans l'être se noie la réalité. Donc, ne pas croire à l'être ou au non-être suffit pour la voir[11].

6

Le premier jour de la neuvième lune[1], le maître s'adressa à P'ei Sieou :

Arrivé en Chine, le grand maître Bodhidharma ne prêcha que l'esprit un et ne transmit qu'une seule méthode. Il transmit le Bouddha avec le Bouddha et ne prêcha pas d'autre Bouddha. Il transmit la méthode avec la méthode et ne prêcha pas d'autre méthode. La méthode est une méthode imprédicable et le Bouddha, un Bouddha insaisissable. L'un et l'autre sont notre primordialement pur esprit.

9. Le recueillement est l'expérience de l'essence vide et la connaissance, la conscience simple de cette expérience. « Si on parle de rayonnement (de la connaissance dans le miroir de l'esprit non-esprit), dit Chen-houei, c'est que le miroir doit à sa seule clarté cette nature de rayonnement. » Gernet, p. 32. Les miroirs d'Orient, même s'ils ne reflètent rien, sont toujours lumineux, comme l'oeil, qui émet des lumières autant qu'il en reçoit.

10. *Alerte* décrit la connaissance et *tranquille*, le recueillement méditatif.

11. Houang-po rejoint encore Chen-houei : « ...Si l'on conserve Eveil et rayonnement (de la connaissance), c'est que l'on n'a pas encore la vue totale. De plus, au point de vue de la substance de la pureté, à quoi y aurait-il Eveil, sur quoi rayonnement ? » Gernet, p. 70-71.

1. La préface de P'ei Sieou nous permet seulement de situer cette date entre la deuxième année de l'ère Houei-tch'ang (842) et la première de l'ère Ta-tchóng (847).

« Voilà la seule chose qui soit vraie. Une autre ne pourrait pas l'être[2]. »

Prajñā[3] est la connaissance, et cette connaissance, notre esprit sans caractères particuliers. Les gens du commun n'empruntent pas la Voie mais se laissent aller aux six passions et errent dans les six destinées. L'adepte qui un seul instant forme un jugement sur le saṃsāra tombe immédiatement dans un sentier diabolique. Si, un seul instant, il s'accorde des opinions sur le réel, il tombe immédiatement dans l'hétérodoxie. Croire qu'il y a naissance et marcher jusqu'à l'extinction, c'est tomber dans la voie des Auditeurs. Ne pas croire à la naissance, mais seulement à l'extinction, c'est tomber sur le champ dans la voie des Bouddhas-par-soi. Rien, au fond, ne naît et, maintenant, rien non plus ne s'éteint. Sans ces croyances dualistes, on n'éprouve plus de dégoût ni d'attrait pour quoi que ce soit. Tout n'est que l'esprit un. Alors seulement commence le véhicule du Bouddha.

Les gens du commun entrent dans toutes sortes d'états d'esprit au hasard des objets, dans des états d'esprit qui sont, suivant les cas, d'attrait ou de dégoût. Mais si l'on veut qu'il n'y ait pas d'objets, il faut oublier son esprit, car lorsque l'esprit est oublié, les objets sont vides, et quand les objets sont vides, l'esprit s'éteint. Si, sans oublier l'esprit, on ne fait qu'évincer l'objet, l'objet s'avère indélogeable et la seule chose qui s'épanouisse, c'est la confusion. Ainsi, tout revient uniquement à l'esprit, mais cet esprit est introuvable, lui aussi. Alors, que cherche-t-on ?

L'adepte de prajñā ne croit pas qu'il y ait une quelconque réalité à trouver. Il cesse d'imaginer trois véhicules, puisque l'unique réalité n'est pas quelque chose qui se gagne dans

---

2. Cette expression, chère aux maîtres Tch'an, vient du *Lotus*, ch. « des expédients ».

3. *Prajñā* est une connaissance qui dépasse l'intellect en ce sens qu'elle n'est pas confinée à l'analyse et au jugement. Elle n'est autre que la « luminosité », ce qui est conscient dans la vacuité vécue.

une réalisation. Ceux qui se prétendent capables d'une telle réalisation ou d'un tel gain ne font « qu'en rajouter » comme les vaniteux. Ainsi, ceux qui à la Réunion du Lotus de la Loi[4] s'en allèrent en secouant leurs manches étaient tous de cette espèce. C'est pour eux que le Bouddha déclare que dans l'Eveil il n'a rien trouvé. La seule chose qui compte, c'est la silencieuse coïncidence.

Quand un homme ordinaire arrive à sa dernière heure, il lui suffit de contempler la totale vacuité de ses cinq agrégats[5], l'absence d'être en soi des quatre éléments, et son esprit véritable et sans caractéristiques, lequel ne part jamais ni n'arrive, dont l'essence ne s'approche pas avec la naissance ni ne s'éloigne avec la mort, son esprit donc, en sa toute pureté et sa paix parfaite, qui ne fait plus qu'un avec ses objets dans la talité.

Etre seulement capable d'accéder directement à la compréhension instantanée, c'est défaire les liens des trois temps, le fait de « l'homme qui transcende le temps ». Il est indispensable de ne se sentir attiré par rien. Ainsi, quand vous voyez des Bouddhas avec leurs marques de perfection venir à votre rencontre[6], ou que vous avez toutes sortes de visions agréables, que cela ne vous entraîne dans aucun état d'esprit particulier. Quand vous avez au contraire toutes sortes d'horribles visions, ne laissez pas non plus la terreur vous gagner. Vous n'avez qu'à oublier votre esprit et ses états et coïncider avec le domaine absolu pour atteindre la liberté. C'est l'essentiel.

---

4. Au ch. « des expédients » du *Lotus*, il est dit que lorsque le Tathāgata se mit à prêcher l'impensable, il se trouva des moines et des nonnes, en tout cinq milliers de personnes, qui quittèrent l'assemblée « en secouant leurs manches », c'est-à-dire avec un souverain mépris pour la prédiction, simplement parce qu'ils pensaient « avoir trouvé ce qu'ils n'avaient pas trouvé et réalisé ce qu'ils n'avaient pas encore réalisé. »

5. Comme l'enseigne le soûtra dit « du cœur » (*Sin-king, Hṛdayasūtra*). Cf. A 4 n. 3.

6. Ce qu'espèrent les fidèles d'Amitābha, le Bouddha du paradis occidental de Sukhavatī.

7

Le huitième jour de la dixième lune, le maître s'adressa à P'ei Sieou :

Ce qu'on appelle une ville fantôme[1], ce sont les deux véhicules, les dix terres, l'éveil d'égalité, bref, tous ces enseignements circonstanciels d'accueil ne sont que des villes fantômes. Quand on parle de « salle du trésor », il s'agit du trésor de l'esprit réel, notre bouddhéité fondamentale, notre nature propre. Ce trésor n'appartient pas à la sphère des affects, il ne peut pas être construit, il ne s'y trouve ni Bouddhas ni êtres vivants, ni sujet ni objet... Alors, où donc y aurait-il une ville ? Bon, c'est une ville fantôme, mais où se trouve la salle du trésor ? On ne peut pas la montrer du doigt. Si je vous la montre, cela signifie qu'elle est localisée dans l'espace et il ne s'agit plus de la véritable salle du trésor. Je dirais simplement que cette salle est toute proche... On ne peut pas en donner les mesures exactes avec des mots. Il suffit, pour la trouver, de coïncider parfaitement avec la réalité en soi.

Ceux qu'on appelle *icchāntikas* sont ceux dont la foi est imparfaite[2]. On appelle « *icchāntikas* sans causes de bien »

1. La ville fantôme est l'une des sept célèbres paraboles du *Lotus*. Le ch. qui porte ce nom compare, en substance, l'ultime bouddhéité à une salle du trésor située dans un pays lointain qu'il n'est possible d'atteindre qu'au prix d'un périlleux voyage. Ainsi, le chercheur spirituel aux facultés moyennes ou inférieures peut se reposer lors de sa quête dans la « ville fantôme » du petit nirvāṇa. S'étant défait de toutes ses passions, ses voiles cognitifs perdent de leur épaisseur et, la ville fantôme une fois dissoute, il peut concevoir la salle du trésor proprement dite.

2. Les *icchāntikas*, littéralement : « obsédés par le désir », sont en principe ces êtres qui ne croient pas dans la spiritualité de l'Eveil et n'ont aucune envie d'accomplir une quête. Il leur manque ainsi toutes les conditions requises pour « devenir Bouddha ». Toutefois, Houang-po use de ce terme dans un sens plus large et en cela suit le ch. 1 du *Laṅka*.

tous les êtres des six destinées, jusqu'à ceux qui ont emprunté les deux véhicules, qui ne croient pas au fruit de la bouddhéité. En revanche, les Bodhisattvas ont une foi profonde dans le fruit de la bouddhéité, mais ils ne croient pas au petit plus qu'au grand véhicule et pour eux les Bouddhas et les êtres vivants sont une seule et même réalité. On les appelle de ce fait « *icchāntikas* avec des causes de bien ».

Ceux qui, pour la plupart, s'éveillent à l'audition d'un enseignement s'appellent Auditeurs. Ceux qui s'éveillent par la contemplation des causes et des circonstances interdépendantes s'appellent Eveillés Circonstantiels. Comme ce n'est pas en se tournant vers leur propre esprit qu'ils s'éveillent, bien qu'ils puissent devenir des Bouddhas, ce ne seront jamais que des Bouddhas au niveau d'Auditeur.

Nombre d'adeptes s'éveillent à la méthode et non à l'esprit. Or, même après des kalpas d'entraînement, ils ne retrouvent pas leur bouddhéité fondamentale. Quand on ne s'éveille pas à l'esprit, on s'éveille à la méthode, ce qui revient à révérer la méthode aux dépens de l'esprit et à se satisfaire de restes, parce qu'on néglige son propre esprit. En ne faisant que coïncider avec son esprit fondamental, on n'a plus besoin de chercher de méthode, car cet esprit est la méthode.

Chez les gens du commun, il arrive fréquemment que les objets bloquent l'esprit, que le phénoménal entrave l'absolu[3]. Ces gens passent alors leur temps à fuir les objets pour calmer leur esprit, à occulter le phénoménal pour ne conserver que l'absolu. Ils ne savent pas que c'est leur esprit qui bloque les objets, leur absolu qui rend opaque le phénoménal. Vider l'esprit[4] suffit pour que les objets

---

3. Dans l'école Avataṃsaka (Houa-yen), l'essentiel de l'enseignement porte sur la totale interpénétration du phénoménal et de l'absolu (*che* et *li*).

4. Ce qui consiste en aucun cas à « ne penser à rien ». « Vide » qualifie l'essence

d'eux-mêmes se vident. Faire taire son idée de l'absolu suffit
à faire taire le phénoménal. Ne vous méprenez pas sur le
sens des exercices spirituels ! Pour la plupart, les gens du
commun n'osent pas vider leur esprit. Ils ont peur de
tomber dans le vide, parce qu'ils ne savent pas qu'au fond
leur esprit est déjà vide. Les imbéciles chassent les
situations et non leurs états d'esprit, tandis que les sages
chassent leur esprit sans chasser les situations.

L'esprit du Bodhisattva ressemble à l'espace vide d'où
absolument tout est exclu. Il ne s'accroche pas avec
attachement aux mérites qu'il accomplit et dans ce
« renoncement » on distingue trois niveaux :

Le grand renoncement consiste à rejeter totalement les
notions d'intérieur et d'extérieur, de corps et d'esprit,
jusqu'à être comme l'espace vide où il n'y a rien à quoi
s'attacher par appropriation. Alors, quand seules existent
des réponses à des objets précis dans un certain environne-
ment, l'oubli total du sujet et de l'objet, voilà le grand
renoncement.

Le renoncement moyen consiste d'une part à suivre la
Voie en répandant ses bienfaits et d'autre part, à renoncer à
ces bienfaits, sans le moindre espoir, au fur et à mesure de
leur émergence.

Quant au petit renoncement, il consiste à s'exercer à
toutes sortes d'actes bénéfiques, à entretenir des espoirs et à
reconnaître la vacuité en étudiant les textes, jusqu'à ne plus
éprouver d'attachement pour les actes méritoires.

Le grand renoncement, c'est avoir une torche devant soi
pour ne jamais s'égarer. Avec le renoncement moyen, cette
torche se trouve sur le côté et l'on connaît parfois la
lumière, parfois les ténèbres. Enfin, avec le petit renonce-

___

des choses au moment hors du temps où on la vit, bien qu'on ne soit plus là en tant
que tel comme sujet de cette expérience.

ment, on est éclairé dans le dos et on ne peut pas voir les fossés et les crevasses.

Donc, l'esprit du Bodhisattva ressemble à l'espace vide d'où tout est exclu. Le fait que les pensées passées soient introuvables, c'est le renoncement au passé ; le fait que les pensées présentes soient introuvables, c'est le renoncement au présent ; et le fait que les pensées futures soient introuvables, c'est le renoncement au futur. Tel est le renoncement aux trois temps[5].

Dès l'instant où le Bouddha confia sa méthode spirituelle à Mahākāśyapa[6], l'esprit fut scellé par l'esprit, sans différence d'un esprit à l'autre. Que ce sceau s'imprime dans le vide, c'est dire qu'il n'a rien à voir avec les textes, car si ce sceau s'imprimait dans quelque chose de concret, c'est avec la méthode spirituelle qu'il n'aurait plus rien à voir. C'est pourquoi, lorsque l'esprit scelle l'esprit, l'esprit qui scelle et l'esprit scellé ne sont point distincts. Mais comme le sujet qui scelle et l'objet scellé se rencontrent avec beaucoup de difficulté, leur coïncidence est rarissime. Cependant, puisque l'esprit est non-esprit, le trouver revient à ne rien trouver.

Le Bouddha a trois corps : le corps absolu prêche la méthode de la vacuité et de la liberté de notre essence ; le corps de jouissance prêche la méthode de la pureté

---

5. C'est ce que déclare le Tathāgata à la fin du ch. 18 du *Diamant*, et qui décrit, pour qui en cherche l'expérience, le véritable non-esprit.

6. Mahākāśyapa fut le premier successeur du Bouddha Śākyamuni, officiellement, parce que le Tathāgata lui offrit de partager son trône : « Sois le bienvenu, Kāśyapa, il y a longtemps que nous nous sommes vus ! Tu devrais t'asseoir sur cette moitié du trône du Tathāgata ! » Le Bouddha se poussa légèrement et le trichiliocosme en fut ébranlé suivant six modes de tremblement. » *Houa-cheou-king, in* Ting, p. 1226 ; secrètement : « Le Bhagavān se trouvait alors au Pic des Vautours, quand un jour il prit une fleur divine entre ses doigts et la monta à l'assemblée. Des dizaines de milliers de dieux et d'hommes qui étaient là, nul ne comprit son intention, si ce n'est Kāśyapa qui, seul, sourit. Le Bhagavān lui dit : « Je te transmets mon trésor de l'oeil de la méthode authentique, mon transcendant esprit de nirvāṇa ». (*Ibid.*) Voyez également *VMK*, ch. 3, Lamotte, p. 149 sq. et n. 18.

universelle ; et le corps d'apparition prêche les six transcendances et l'infinité des autres pratiques. On ne peut pas
chercher la méthode que prêche le corps absolu dans le
langage, les sons, les formes et les textes, car rien n'y est
prêché, rien n'y est attesté. Notre essence est ouverte
comme l'espace. C'est tout. C'est en ce sens qu'il est dit que
« dans le fait qu'aucune méthode ne peut être prêchée se
trouve la vraie prédication ». Les corps de jouissance et
d'apparition se font sentir et se manifestent selon les
circonstances. La méthode qu'ils prêchent répond aux
facultés en situation. Ils l'emploient pour attirer et convertir, ce qui n'est pas la méthode réelle. On peut d'ailleurs lire
que : « Les corps de jouissance et d'apparition ne sont pas le
Bouddha réel et ils ne prêchent pas la vraie méthode[7]. »

Tout cela peut se résumer en une seule clarté subtile[8] se
répartissant en six sortes de rapports harmonieux. Cette
clarté subtile n'est autre que l'esprit un et les six rapports
sont les six facultés des sens. Ces six facultés s'unissent
chacune à son objet : l'œil à la forme, l'oreille au son, le nez
aux odeurs, la langue aux saveurs, les corpuscules tactiles
aux tangibles et l'entendement à l'intelligible. Entre les
deux émergent les six consciences, ce qui en tout fait
dix-huit sphères. En comprenant que ces dix-huit sphères
n'ont pas d'existence indépendante, on concentre les six
rapports en une seule clarté subtile, et cette clarté n'est
autre que l'esprit. Les adeptes connaissent tous ce fait mais
ils ne peuvent s'empêcher d'expliquer conceptuellement
l'unique clarté subtile et les six rapports, si bien, qu'ils se
trouvent ligotés par la méthode sans plus coïncider avec
leur propre esprit.

7. Cette citation provient du Traité de la connaissance adamantine (Tsin-kang
pan-jo louen) traduit par Bodhiruci. On la trouve également à la fin du Repos de
l'esprit qui accède à l'absolu de Tao-sin, le 4e Patriarche, Cf. Hermès 4.

8. Cette « subtile clarté » de notre être fondamental (cf. A 3) n'est pas
strictement ontologique. C'est encore une méthode (dharma) qui n'est pas sans
analogie avec le « troisième genre de connaissance », la « science intuitive » de
Spinoza. Cf. Ethique V.

Si le Tathāgata était venu au monde pour ne prêcher que la méthode véritable du véhicule unique, les êtres vivants ne l'auraient point cru et, la médisance au cœur, ils se seraient noyés plus profondément dans l'océan de la souffrance. S'il n'avait rien prêché du tout, le Bouddha serait tombé dans un attachement obstiné et il ne se serait pas épanoui en renonçant à la Voie merveilleuse pour tous les êtres vivants. Alors, inventant d'habiles stratagèmes, il prêcha l'existence de trois véhicules. Cependant, petit et grand véhicules, l'un superficiel et l'autre profond, voilà qui n'est pas la méthode fondamentale. C'est pourquoi il est dit qu'« il n'y a qu'un seul véhicule sur une seule voie, un autre véhicule et une autre voie ne sont pas authentiques[9] ».

En fin de compte, le Bouddha ne put dévoiler la méthode de l'esprit un. Il invita donc Mahākāśyapa à partager le trône de la spiritualité et, en secret, il lui confia la méthode de l'esprit un que l'on ne prêche pas en mots[10]. Or, de nos jours, cette lignée de transmission fonctionne à part, mais qui peut s'y éveiller par une totale coïncidence atteint la terre du Bouddha.

8

J'interrogeai le maître :
— Qu'est-ce que la Voie ? Comment la cultive-t-on[1] ?
Il répondit :

---

9. Voilà la thèse du Lotus, d'où provient cette citation, ch. « des expédients ».
10. Cf. ci-dessus, n. 6.
1. Si la Voie est l'ordre des choses, la cultiver, c'est se conformer à cet ordre. Mais quel ordre, quelles choses ? Comment se conformer à ce que l'entendement ne peut saisir ?

— Qu'est-ce qu'une voie que vous voudriez cultiver ?

— Dans tout le pays, les maîtres de notre école apprennent à « cultiver la Voie par la consultation Tch'an[2] ». Qu'en est-il ?

— On ne peut se fier à ces histoires faites pour accueillir ceux dont les facultés sont obtuses.

— S'il s'agit là d'histoires faites pour accueillir ceux dont les facultés sont obtuses, je ne comprends pas ce qu'on prêche en fait de méthode pour accueillir ceux dont les facultés sont supérieures.

— En ce qui concerne ceux dont les facultés sont supérieures, à qui pourraient-ils s'adresser pour trouver « autre chose » ? Ils ne peuvent se trouver eux-mêmes, comment pourraient-ils trouver « ailleurs » un objet tel que la méthode ? Vous connaissez bien la question des Ecritures : « A quoi ressemble la méthode en tant que telle ? »

— S'il en est ainsi, il ne faut absolument rien chercher ?

— De la sorte, on s'épargne beaucoup d'efforts.

— N'arrive-t-on pas au néant en tranchant tout de cette manière ?

— Qui parle de néant ? Quelle est cette chose que vous vous proposez de chercher ?

— S'il ne faut rien chercher, pourquoi dites-vous qu'il ne faut non plus rien trancher ?

— Quand on ne cherche rien on se repose. Qui vous a demandé de couper quoi que ce soit ? Comment pourriez-vous trancher le ciel que vous avez devant les yeux ?

— Si je pouvais trouver cette réalité, serait-ce comme le ciel ?

2. Cette consultation (ts'an) est la relation fulgurante du visiteur et de l'hôte (l'apprenti et le maître) où l'un et l'autre laissent, plus ou moins à propos, l'homme véritable sans situation s'exprimer. Exemples mêmes de ces consultations, les dialogues que rapportent les chroniques Tch'an, telle La transmission de la lampe (King-tö tch'ouan-teng-lou), compilée par Tao-yuan et publiée en l'an 1004. Cf. Lin-tsi, Démiéville, p. 126-129.

— Je passe mon temps à vous dire que ce serait comme le ciel tout en étant différent du ciel. C'est uniquement à titre provisoire que je tiens ce langage, mais vous vous servez de mes paroles pour échaffauder vos théories.

— Cela veut-il dire qu'il ne faut pas théoriser pour les autres ?

— Je ne voudrais pas vous en empêcher. En tous cas, cependant, les théories relèvent des affects, et dès qu'émergent les affects, la sagesse est obstruée.

— Il n'est donc pas de place ici pour les affects ?

— Quand il n'y a pas d'affects, qui parle ?

9

— Pourquoi qualifiez-vous ce que je viens de dire de « défoulement verbal »[1] ?

— Vous ne savez pas parler, comment pourriez-vous vous défouler avec les mots ?

10

— Vous avez longuement parlé jusqu'à présent, sur le seul ton de la contradiction[1], et jamais vous n'avez exposé la véritable méthode spirituelle.

1. Le *houa-touo* est à proprement parler une petite illumination que l'on a lorsque, en racontant les péripéties de sa quête, on tombe abruptement sur une solution de prime importance, un *eurêka* magnifique. Mais Houang-po s'empresse de briser notre enthousiasme puéril : la vie n'est pas un divan psychanalytique.

1. *Ti-ti-yu* : prendre systématiquement le contrepied de ce qui est affirmé pour ne laisser à rien, à aucune vision extatique et verbeuse, le temps de se fixer dans le champ de conscience de la consultation. C'est un procédé pyrrhonien apprécié de Houei-neng, l'application oratoire de la dialectique de la Connaissance Transcendante, telle qu'on peut la goûter dans le *Soûtra du Diamant*.

— Il n'est pas de contradiction dans la véritable méthode spirituelle, mais dans ce que vous me demandez, la contradiction jaillit d'elle-même. Quelle véritable méthode cherchez-vous ?

— S'il y a contradiction du seul fait de ma question, qu'en est-il de votre réponse, Révérend ?

— Allez plutôt vous mettre devant une glace et regardez-y votre visage sans vous occuper des autres ! Vous ressemblez à un chien idiot qui aboie sur tout ce qui remue. Vous êtes comme un rameau qui bouge au vent.

Le maître reprit :

Notre école Tch'an, depuis les origines de sa transmission, n'a jamais prôné les recherches purement théoriques, et quand je parle de « cultiver la Voie », c'est plutôt en manière d'accueil, car en fait, la Voie n'est pas non plus quelque chose que l'on peut cultiver. L'étude théorique préserve les affects et débouche toujours sur l'égarement. La Voie n'est et ne va nulle part, on la nomme « esprit du grand véhicule ». « Cet esprit ne se trouve ni dedans ni dehors, ni entre les deux[2] », il n'est et ne va vraiment nulle part. Il faut avant tout ne pas l'aborder théoriquement, autrement dit, comme s'il s'agissait de l'objet de l'un de vos affects. Quand il n'est plus aucun affect, l'esprit n'est ni ne va nulle part.

Cette Voie est si naturelle qu'elle n'a pas de vrai nom[2bis]. Or, du simple fait que les gens de ce monde ne la connaissent pas, ils s'égarent dans leurs affects, et les Bouddhas apparaissent pour mettre un terme à cet état de choses par leur prédication. Craignant que vous et vos

---

2. « Révérend Upâli, la pensée (: l'esprit) n'existe ni à l'intérieur, ni à l'extérieur ni entre les deux. Il en est du péché comme de la pensée, et de tous les *dharma* comme du péché : ils ne s'écartent pas de la manière d'être (: talité). » *VMK*, ch. 3 § 34, Lamotte, p. 175.

2 bis. « La voie a la simplicité du sans-nom. » *Lao-tseu*, ch. 32, Duyvendak, p. 77.

semblables, vous ne puissiez comprendre, ils disent « Voie »
à titre provisoire, sans qu'on puisse bâtir des théories sur ce
nom. C'est en ce sens que j'entends l'expression : « Oublier
la nasse quand on a pris le poisson. »

Qui, dans l'état naturel de son corps et de son esprit,
parcourt la Voie en reconnaissant son esprit, rejoint la
source originelle et peut s'appeler « renonçant »[3]. Le renonçant atteint son but quand ses pensées s'apaisent et non en
étudiant vainement. Vous qui cherchez l'esprit avec votre
esprit en comptant sur les autres, vous ne faites que prendre
et apprendre. Arriverez-vous jamais à quoi que ce soit ! Les
anciens étaient vifs. Comme il leur suffisait d'entendre une
seule parole pour arrêter d'étudier, on dit d'eux que
c'étaient des adeptes oisifs « n'agissant en rien puisque
n'étudiant plus[4] ». De nos jours, on a seulement envie de
savoir et de comprendre beaucoup de choses. On entreprend
de vastes recherches dans les textes en qualifiant cela de
« pratique », mais on ignore que des connaissances théoriques trop abondantes se transforment toujours en étouffant
couvercle. On devrait juste avoir, lorsqu'on donne beaucoup
de lait à un bébé, s'il le digérera ou pas. Il s'avère pourtant
qu'on n'en sait rien. Et les adeptes des trois véhicules sont
tous de cette espèce. Je dis qu'ils souffrent d'indigestion.
Une indigestion de connaissances théoriques n'est rien
d'autre qu'un empoisonnement, une intoxication qui se
déclare au sein de ce qui naît pour disparaître. Il ne se passe
rien de tel dans la talité. « Ce genre de lame, est-il dit, je n'en
ai point dans mon royal trésor[5]. »

3. *Cha-men*, *śramaṇa*, « moine mendiant ».
4. « Abolis l'étude, et tu seras sans souci, » dit Lao-tseu, Duyvendak, p. 45.
« Celui qui poursuit l'étude augmente chaque jour./ Celui qui pratique la Voie
diminue chaque jour./ En diminuant de plus en plus, on arrive au Non-agir./ En
n'agissant pas, il n'y a rien qui ne se fasse. » *Lao-tseu*, ch. 48, Duyvendak, p. 115.
5. Le « royal trésor » est le domaine de la réalité absolue, et la « précieuse lame »
dont le désir d'un homme a gratifié le Prince, « quelque chose », une réalité (*fa*) qui
serait le fruit, ce qu'on trouve, l'esprit. « Pas d'esprit, pas de Bouddha », dirait
Tchao-tcheou. La citation vient du *Nirvāṇa*, ch. « de la nature du Tathâgata ».

Il faut « nettoyer par le vide » toutes ces vieilles théories. Quand il n'y a plus de discrimination, on tombe sur le vide de l'embryon du Tathāgata[6]. L'embryon du Tathāgata, qui n'est souillé par la plus minuscule des poussières, est la manifestation dans le monde du « roi de la spiritualité qui infirme l'être »[7]. Quand le Bouddha dit qu'en Dīpamkara « il n'a trouvé aucune réalité »[8], il n'a d'autre intention que de vous débarrasser de vos affects et de vos théories intellectuelles. L'homme « sans affaires » est celui qui a laissé fusionner la surface et le fond jusqu'à ce que ses affects s'épuisent dans une totale absence de point d'appui.

Le filet des enseignements que dispensent les trois véhicules est tissé de traitements indiqués et d'opportunes médications. C'est sur le vif qu'il se déploie, et jamais de la même manière. En comprenant cela, vous ne pourrez jamais plus vous tromper. Vous devriez d'abord ne plus chérir les textes sur lesquels vous bâtissez vos théories, car ces textes contiennent des enseignements proprement circonstanciés, du simple fait qu'il n'y a aucune méthode précise que le Tathāgata puisse prêcher. Notre école n'a pas de thèse à ce sujet. Nous nous contentons de savoir que le repos, c'est le calme de l'esprit[9], et qu'il n'est plus alors besoin de produire des pensées qui s'enchaînent.

---

6. L'embryon du Tathāgata est notre Eveil en puissance. Le corps absolu en est l'acte. Principe existentiel de tous les étants, il réunit tous les attributs de la Réalité. Or, tous ces étants privés d'être en soi dépendent pour participer au Réel de l'essence même de la Réalité, qui est une immensité paisible et immaculée... C'est ainsi que les soûtras centrés sur cet « embryon », comme celui demandé par Śrīmālādevī (Cheng-man-king), en expliquent la « double sagesse vide ».

7. L'expression vient du ch. « des herbes médicinales » du Lotus. L'être désigne ici l'existence, telle que la causent le karma et les passions.

8. Diamant.

9. Les écoles du bouddhisme chinois dépendaient plus de tel ou tel soûtra que de telle ou telle théorie, et de cette dépendance naissaient les théories.

10. Les connaissances intellectuelles sont forcément émotionnelles, affectives. « Arrêter d'étudier » ne peut que « calmer l'esprit », et dans ce corps, son essence est évidente et les qualités qui l'expriment n'en sont plus distinguées. C'est en ce sens que Fa-jong de Nieou-t'eou écrivait : « Ne détruisez pas vos affects

11

— On dit toujours que l'esprit est le Bouddha. Je n'ai pas
compris de quel esprit il s'agissait.

— Combien d'esprits avez-vous ?

— Pour m'exprimer autrement, est-ce l'esprit ordinaire
ou bien l'esprit extraordinaire qui est le Bouddha ?

— Où donc avez-vous un esprit ordinaire et un esprit
extraordinaire ?

— Les trois véhicules ont toujours parlé de l'ordinaire et
de l'extraordinaire. Alors pourquoi, Révérend, dites-vous
qu'il n'y a rien de tel ?

— Les trois véhicules vous disent, à vous, et clairement,
qu'il est faux de distinguer entre esprit ordinaire et esprit
extraordinaire[1]. Ne comprenant pas ce que cela signifie,
vous partez dans l'autre sens en vous attachant à l'existence
de l'esprit, en faisant du vide une chose concrète. C'est une
grave méprise et cette méprise vous détourne de l'esprit.
Quand vous aurez seulement chassé vos « sentiments

vulgaires,/ Laissez plutôt votre esprit se calmer. » Cf. *Hermès* 4. C'est encore la
méthode la plus simple, car qui « veut étudier le dharma » se couvre immédiatement des chaînes d'une littérature infinie, principalement **axée** sur, justement, la
destruction des « affects vulgaires ».

1. L'esprit ordinaire est celui de l'homme qui n'a pas atteint le première terre
du Bodhisattva, et l'esprit extraordinaire est celui du Bodhisattva. Plus
précisément, on gradue l'esprit en train de s'éveiller en six niveaux ordinaires et
quatre extraordinaires, mais cela n'est valable que d'un point de vue relatif. En
essence, tous ces niveaux s'équivalent dans une indifférenciation totale. Seng-
tchao écrit dans son *Traité de la salle du trésor (Pao-tsang-louen)* : « Ordinaire et
extraordinaire sont indistincts. Tout est parfait ! » Les tantristes affirment que
« les êtres vivants des six destinées sont non-duellement consubstantiels à
Mahâvairocana. »

ordinaires sur l'extraordinaire », il n'y aura plus de Bouddha qu'en votre esprit. Le Premier Patriarche est venu d'Occident[2] pour montrer directement à l'homme la boud-dhéité de tout son être. Mais vous ne vous en rendez pas compte, vous vous attachez aux concepts d'ordinaire et d'extraordinaire, vous galopez en tous sens, toujours en dehors de vous-même et, naturellement, vous vous détournez toujours plus de l'esprit. C'est pour cela qu'on vous dit que l'esprit est Bouddha[3]. Qu'un instant seulement une émotion surgisse et vous tombez sur le coup dans une autre destinée[4]. Aujourd'hui, comme depuis des temps sans commencement, il n'y a pas d'autre méthode spirituelle. Voilà pourquoi on parle d'Eveil total, égal et authentique[5].

— Pour quelle raison, Révérend, dites-vous que l'esprit est le Bouddha ?

— Qu'allez-vous chercher des raisons ? A peine en trouvez-vous une que vous vous distinguez de l'esprit.

— Vous avez dit qu'il en était aujourd'hui comme depuis des temps sans commencement. Dites-nous en vertu de quel principe ?

— Rien qu'en le cherchant, vous vous en distinguez. Sans recherche, où est la distinction ?

— S'il n'y a pas de distinction, pourquoi avez-vous recours à la copule « être » ?

---

2. Sur Bodhirdharma, on sait tout et rien. Originaire du Sud de l'Inde, il serait arrivé en Chine vers l'an 500 pour propager les enseignements de *Laṅka*. Considéré par les adeptes du Tch'an comme le Premier Patriarche de la lignée chinoise, il est avant tout le symbole humain de la « méthode de l'esprit ».

3. En cherchant l'esprit, on trouve le Bouddha ; en cherchant le Bouddha, on trouve l'esprit. P'ei Sieou a foi en l'esprit, l'esprit est sa méthode d'Eveil ; en s'éveillant à l'esprit s'éveille le Bouddha.

4. L'esprit, une expérience sans l'esprit, est parfaitement égal et semblable à lui-même. Qu'un aspect de l'esprit prédomine, et avec la dualité naît l'émotion du moi qui, suivant sa couleur, perçoit l'un des six aspects du champs général de l'existence : divin, antidivin, humain, animal, preta et infernal.

5. En sanskrit, *samyak-saṁ-bodhi*.

— Si vous ne discriminez pas entre l'ordinaire et l'extraordinaire, qui vous parle de copule[6] ? Si « être » revient à « ne pas être », l'esprit n'est pas non plus l'esprit. Quand vous avez complètement oublié tout ce qui concerne l'esprit, où comptez-vous encore le chercher ?

12

— L'erreur a le pouvoir de voiler mon esprit et je n'ai pas encore compris comment je pouvais la chasser.

— Entretenir l'erreur ou la chasser, c'est toujours plus d'erreur. L'erreur n'a au fond pas de racine et c'est seulement à cause de la discrimination qu'elle existe. Quand vous n'aurez plus de sentiments à l'égard de l'ordinaire et de l'extraordinaire, d'elle-même l'erreur disparaîtra. Comment pourrait-on s'y prendre autrement ? Quand on n'a plus même une seule particule à quoi se raccrocher, on aspire à la bouddhéité, dit-on, « en lui sacrifiant ses deux bras ».

— Puisqu'il n'y a rien à quoi se raccrocher, quelle chose perceptible me communiquez-vous ?

— Avec l'esprit l'esprit se transmet.

— Si l'esprit se transmet, pourquoi dites-vous que l'esprit non plus n'est pas ?

— Ne rien trouver à transmettre, c'est ce qui s'appelle « transmettre l'esprit ». Si l'on comprend ce qu'est cet esprit, il n'y a ni esprit ni méthode[1].

6. P'ei Sieou attend une « prédication », mais la méthode est l'esprit lui-même et le maître est non-dualiste.

1. « Ni méthode ni esprit,/ Ni esprit ni méthode./ Quand on prêche la méthode

— S'il n'y a ni esprit ni méthode, qu'entendez-vous par « transmettre » ?

— Je vous parle de transmission de l'esprit, et vous croyez qu'il existe quelque chose de tel. C'est pour cela que le Patriarche a dit :

> « Quand j'ai reconnu la nature de mon esprit,
> Ce fut à proprement parler inimaginable,
> Une réalisation réalisant l'irréalisable,
> Dont je ne dirai si elle eût jamais lieu. » [2]

Mais si je vous prêchais cela, que pourriez-vous en faire ?

13

— S'il est possible que le vide que j'ai devant les yeux ne soit pas un objet, montrer cet « objet », n'est-ce pas faire voir l'esprit ?

— Quel est cet esprit qui vous demande de le voir dans les objets ? A supposer que vous puissiez le voir, ce ne serait là qu'un esprit projeté en tant qu'objet. Quand on se regarde dans un miroir, il ne fait pas de doute qu'on y voit clairement ses yeux, ses sourcils, mais ce ne seront jamais là que des reflets. Quel rapport avec votre problème ?

— Si ce n'était le fait d'une « projection », y aurait-il jamais « vision » ?

de l'esprit./ Cette méthode n'est pas la méthode de l'esprit. » Śanakavāsa, Troisième Patriarche indien, in Lampe, ch. 1, p. 207a. Voici encore la stance de passation de Dhṛtaka, Cinquième Patriarche : « L'esprit est issu de l'esprit originel,/ Pour lequel il n'est pas de méthode./ S'il y a une méthode et un esprit originel,/ Ce ne sont ni la méthode originelle ni l'esprit. » Ibid., p. 207c.

2. Ce quatrain est celui de Haklenayaśas, 23ᵉ Patriarche, ibid., ch. 2, p. 214b.

— En s'enfonçant dans les causes, on a nécessairement recours à des choses artificielles et on ne parvient jamais à rien comprendre. Ne voyez-vous pas qu'on vous dit qu'il n'y a rien à laisser tomber, rien à vous montrer, même si l'on pérore à tous vents sur tous les tons ?

— Une fois reconnu, n'y a-t-il plus rien de « projeté »[1] ?

— S'il n'y a rien, à quoi bon une « projection » ? Ne faites pas le somnambule aux yeux ouverts !

14

Le maître monta en salle et dit :

Un riche arsenal de connaissances théoriques ne vaudra jamais l'absence de toute recherche[1]. C'est ce qu'on peut faire de mieux ! L'adepte est un homme sans affaires[2] qui n'a, à vrai dire, pas beaucoup d'états d'âme, et encore moins de principes à prêcher. Allez, dispersez-vous, sans affaires...

---

1. « Projeté » est l'un des sens de *tchao* qui, lorsqu'il signifie « rayonnement », désigne la conscience de la vacuité de l'esprit, laquelle porte le nom de paix, de silence (die Stille, *tsi*). L'unité de la paix et du rayonnement est la substance même du présent vécu, la sagesse de l'Eveil.

1. Après lui avoir expliqué que la méthode spirituelle est « calme et apaisement », Vimalakīrti conclut : « En conséquence, ô Śāriputra, si tu cherches la méthode, tu ne dois chercher aucune méthode. » Lamotte, p. 247 et 242, n. 1.

2. Le « désoeuvrement », thème purement chinois, est l'attitude de celui qui agit, s'agite et fait ce qui lui plaît sans le moindre déséquilibre mental concommittant. Le Tch'an de Hong-tcheou, tel que nous le connaissons à travers Ma Tsou, Houang-po et Lin-tsi, est « actif sans rien faire de spécial ».

15

— Qu'est-ce que la vérité relative[1] ?

— Encore une complication[2] ! Pourquoi avoir recours au langage et discuter de la pureté primordiale ? Seule l'absence de toute pensée porte le nom de sagesse sans écoulement[3]. Il suffit pour cela que dans votre vie de tous les jours, lorsque vous vous déplacez ou restez debout, assis ou allongé, et dans tout ce que vous dites, vous ne vous attachiez pas à ce qui est composé[4]. A cet instant où je vous parle, rien ne s'écoule...

De nos jours, et selon la tendance de la dernière période de la spiritualité du Bouddha[5], nombreux sont les adeptes du Tch'an qui s'attachent aux sons et aux formes sans jamais les rapporter à leur propre esprit. Quand l'esprit n'est plus qu'un ciel vide et qu'on ressemble au bois mort ou

---

1. La vérité relative est le pendant de la vérité absolue. L'une décrit la Réalité suivant les différentes facultés de ceux qui la cherchent, tandis que l'autre n'est que « pureté primordiale ».

2. « Complications » rend le chinois ko-t'eng, « lianes, etc. » : se perdre dans les textes labyrinthiques et les théories abstruses. Cf. Demiéville, p. 29.

3. La sagesse sans écoulement est celle de l'homme éveillé. L'écoulement désigne les passions dont les flots inondent le monde où l'homme dérive. Dans la paix rayonnante de la primordiale pureté, les pensées s'élèvent (rayonnent) sans troubler la liberté sereine de cet état (paix) — telle est l'absence de toute pensée.

4. « Ce qui est composé » se dit par rapport à « l'incomposé », qualité de la talité, laquelle transcende tout ce qui existe en nécessitant la coïncidence appropriée de nombreuses causes, circonstances, éléments constitutifs, etc.

5. Au parinirvāṇa du Bouddha, la méthode en était à sa période parfaite, correcte ; puis, la méthode perd de sa fraîcheur et de son authenticité pour se réfugier dans les symboles ; enfin, même la méthode symbolique disparut pour céder la place à la méthode « finale », propre au Kāliyuga. Les soûtras ne s'accordent pas sur les durées « objectives » de ces trois périodes.

à la pierre, à la cendre froide ou au feu éteint [6], on peut « coïncider » un tant soit peu. Sinon, on finit par tomber aux mains des sbires du vieux Yama [7].

Détachez-vous seulement de tout ce qui tombe sous le coup de l'être et du non-être, et votre esprit, semblable à la roue du soleil dans l'espace, à jamais rayonnera spontanément de lumières, rayonnera sans rayonner, ce qui n'est aucunement une manière de se ménager [8]. Arrivé là, plus d'aire de rattrapage ou de repos [9], rien que la mise en oeuvre des activités éveillées [10], autrement dit, « avoir des pensées sans que jamais elles ne se fixent » [11], ou encore, voir votre pur corps absolu appelé Eveil suprême. Si vous ne comprenez pas ce que je veux dire, vous allez perdre votre temps à acquérir des tas de connaissances et à pratiquer

6. Ces comparaisons fort taoïstes sont très fréquentes pour évoquer l'immobilité contemplative. Houang-po dit clairement ici que sans paix méditative il n'est pas de coïncidence possible. Dans son Traité des deux accès et des quatres pratiques (Eul-jou sse-sing louen), Bodhidharma dit aussi que l'esprit « ressemble à du bois et à de la pierre », mais cela n'en décrit qu'un aspect. « Lorsque l'adamantine sapience "frappe" cette pensée, on rejoint l'inconnaissance des plantes, lesquelles ne différencient guère. Tel est ce qu'on nomme omniscience, la méthode bodhisattvique de l'unité. » Tao-sin, Le repos..., Hermès.

7. Les anges de la mort.

8. « Rayonner sans rayonner », c'est l'inaction, le non-agir du saint taoïste, tel qu'en parle Lao-tseu, ch. 48. Paix et rayonnement sont le dernier mur conceptuel à défoncer.

9. « La suprême illumination (: l'Eveil suprême), déclare Vimalakīrti, repose sur une non-base. En conséquence, en l'absence de toute base, qui arriverait à la suprême et parfaite illumination ? » Lamotte, p. 283.

10. « Ne se livrer à aucune activité, c'est ce qu'on appelle activité éveillée ; on parle aussi d'activité correcte ou sainte. » Essentiel de l'Eveil soudain (Touen-wou yao-men), cité par Iriya, p. 82.

11. Diamant, ch. 14, cf. Appendice. Gernet, p. 44, traduit wou-tchou par « non-demeure ». Voici comment Chen-houei explique « Il doit avoir des pensées sans que jamais elles ne se fixent » : « "Sans que jamais elles ne se fixent" désigne la substance de notre paix fondamentale et "il doit avoir des pensées", la fonction de notre sagesse fondamentale. » Ibid.

dans un esprit ascétique en vous vêtant de paille et en vous nourrissant de baies sauvages... Autant de choses que je qualifie de « pratiques perverses » qui, pour sûr, vous feront renaître chez les démons. Alors, quel est l'intérêt de telles pratiques ? Pao-tche déclare :

> « Le bouddha est au fond le fait de mon esprit,
> Qu'irais-je le chercher dans les mots et les textes ? » [12]

Même si vous pouviez étudier les trois sages et les quatre fruits [13], même si vous aviez l'esprit plein des dix terres [14], vous seriez encore en train de vous installer dans la distinction entre l'ordinaire et l'extraordinaire. En ne voyant pas la Voie, l'impermanence de toute pratique, vous restez dans ce qui naît et s'éteint. « En bout de course, la flèche retombe. Peut-on comparer le fait de s'attirer des frustations pour la vie prochaine à la technique de la réalité incomposée, à la plongée directe, en un seul saut, dans la terre du Tathāgata ? » [15]. N'étant pas ce genre d'homme, vous vous sentez obligé d'étudier en détail les théories élaborées par les anciens à titre de conversion uniquement. Pao-tche dit encore :

> « Qui n'a rencontré un maître éclairé et dégagé du monde
>   Absorbera en vain les potions spirituelles du grand
>   véhicule. » [16]

---

12. Pao-tche était un moine qui vivait à l'époque des Liang (502-559), dont on connaît plusieurs écrits, tels *L'éloge du grand véhicule (Ta-cheng-ts'an)*, *Le chant des douze heures (Che-eul che song)*, *Le chant en quatorze couplets (Che-sse k'o song)*... mais les vers qui lui sont attribués ici n'apparaissent dans aucune des ces trois oeuvres.

13. Les « trois sages » désignent l'aspect intérieur de l'esprit du Bodhisattva dit ordinaire. Ce sont les dix stations, les dix activités et les dix dédicaces. *Cf.* A 2 n. 8. Les « quatre fruits » sont ceux du petit véhicule : « entrée dans le courant de la spiritualité » (*srotaāpanna*), « un seul retour » (*sakṛdāgamin*), « sans retour » (*anāgamin*) et « destruction des passions » (*arhat*).

14. *Cf.* A 2 n. 8.

15. Cette citation vient du *Chant témoin de la Voie*, p. 396a 17-19.

16. Source inconnue.

Aujourd'hui donc, et à tout instant, lorsque vous vous
déplacez ou restez debout, assis ou couché, entraînez-vous
uniquement au non-esprit. A la longue, cela portera ses
fruits. C'est votre faiblesse qui vous empêche de faire ce saut
d'un instant. Que cela vous prenne trois, cinq ou dix ans, il
faut que vous ayez un éclair d'expérience. La compréhension suivra naturellement. Votre incapacité en la matière
vous contrain en esprit à suivre la Voie du Tch'an, à vous
impliquer dans la spiritualité du Bouddha. « La prédication
du Taghāgata, est-il écrit, a pour fin de convertir. Elle ne
fait que montrer des feuilles jaunes aux petits enfants en
leur faisant croire que c'est de l'or pour les empêcher de
pleurer. Il n'y a là rien de réel ! » [17] Si vous avez quelque
chose à trouver effectivement, vous n'êtes pas les disciples
de notre école. Qu'auraient ses principes à voir avec votre
être profond ? Le soûtra l'affirme : « Il n'y a en fait aucune
réalité à trouver, et cela porte le nom d'Eveil suprême. » [18]
Quand on comprend cela, on sait que la voie du Bouddha et
la voie du diable sont aussi fausses l'une que l'autre.

La pureté primordiale est une terre de blancheur, ni
ronde ni carrée, ni grande ni petite, ni longue ni courte ; on
ne peut la caractériser, rien ne s'en écoule, rien ne la
compose ; on ne peut la manquer, ni s'y éveiller... « On la
comprend d'un coup, et l'on voit qu'il n'y a rien, ni
personne, ni Bouddha, et l'on voit les univers du
chiliocosme [19] comme un grain de sable, une bulle dans la

---

17. Cette image tirée du *Nirvāṇa* donne clairement à comprendre ce qu'est le
méthode (par rapport à l'Eveil) du Tch'an de Hong-tcheou. Lin-tsi l'emploie aussi :
« Il est clair que les Corps, qui sont essence des choses, et les Terres, qui sont
essence des choses, n'existent en tant que Corps et Terres que comme des choses
instituées : Terres dépendant des supersavoirs, « feuilles jaunes dans le poing vide
pour leurrer les petits enfants », piquant de chausse-trapes, épines de châtaignes
d'eau. Quelle sève allez-vous chercher dans ces os désséchés ? Il n'y a rien hors de
l'esprit ; rien non plus à trouver dans l'esprit. Que cherchez-vous donc ? »
Demiéville, p. 91.

18. *Diamant*, ch. 14.

19. Mille mondes avec Sumeru, quatre continents, huit sous-continents, etc.

mer, et les sages et les saints, comme balayés par la foudre...» [20] Il n'est rien qui vaille la réalité de l'esprit!

Depuis les temps anciens jusqu'à ce jour, le corps absolu a toujours été semblable aux Bouddhas et aux Patriarches, sans un atome de différence. Quand vous m'aurez compris, vous saurez combien il vous faudra de courage durant toute votre vie. Il n'est pas garanti qu'après avoir expiré, vous inspirerez à nouveau [21].

16

— Le sixième Patriarche [1] ne savait même pas lire les soûtras. Comment se fait-il qu'il reçut la robe patriarcale [2]? Le doyen Sieou était le supérieur de cinq cents moines, et en tant qu'instructeur, il pouvait expliquer trente-deux soûtras et traités. Pourquoi ne reçut-il pas, lui, cette robe?

— Chen-sieou avait des concepts [3]. Il trouvait correct de

20. Cette citation vient encore du Chant témoin de la Voie, p. 396c 23-24.

21. Cette image de l'impermanence tirée des soûtras est richement explicitée dans La lettre à l'ami (Suhṛllekha) de Nāgārjuna.

1. Houei-neng (638-713) était originaire de Canton. Un jour, il entendit un client, à qui il vendait du petit bois, qui récitait le Diamant, et on rapporte que la phrase « il doit avoir des pensées sans que jamais elles ne se fixent » illumina son esprit. Il se rendit alors au Hou-pei, au monastère de la Prune Jaune (Houang-mei) où Hong-jen (601-674), le 5ᵉ Patriarche, prêchait la méthode de l'esprit selon la Prajñāpāramitā. On raconte que Houei-neng était illettré et qu'on lui lisait les soûtras qu'il comprenait intuitivement et commentait. Cf. Chan, ch. 3-9.

2. « Le 5ᵉ Patriarche attendit qu'il soit minuit pour me faire venir dans la salle d'enseignement, où il m'expliqua le Soûtra du Diamant. Dès que je l'entendis, je compris. Cette nuit-là, il me confia la méthode à l'insu de tous, me transmettant ainsi la méthode de l'Eveil soudain et la robe : « Vous êtes maintenant le 6ᵉ Patriarche. Cette robe est le témoignage d'une transmission immémoriale. Quant à la méthode, c'est d'esprit à esprit qu'elle se transmet. Que les gens atteignent à l'Eveil par leurs propres efforts! » Chan, ch. 9.

3. En effet, le ch. 6 du même texte raconte que le doyen et instructeur Chen-sieou (605 ?-706) « réfléchit longuement sans se sortir de son problème »... Puis il écrivit cette stance sur sa réalisation spirituelle : « Si votre corps est l'arbre de l'Eveil,/ Votre esprit est comme un clair miroir sur son châssis :/ Epoussetez-le toujours avec vigueur/ Pour que n'y reste la moindre poussière. »

s'exercer à une méthode complexe jusqu'à la réalisation.
Alors, Hong-jen confia la lignée à Houei-neng[4]. A l'époque,
le Patriarche n'en était qu'au stade de la silencieuse
coïncidence, mais comme il avait découvert le secret et
perçu le sens très profond du Tathāgata, c'est à lui que fut
confiée notre méthode spirituelle. Peut-être savez-vous
que :

« Le fondement de la méthode, c'est son absence ;
Cette méthode sans ·méthode est encore une méthode.
Voilà qu'on me confie l'absence de méthode :
De toutes les méthodes, laquelle est la méthode ? »[5]

Quand on comprend le sens de ce quatrain, on s'appelle
« religieux »[6] et on peut pratiquer correctement. Si vous ne
me croyez pas, pourquoi le doyen Ming serait-il parti à la
recherche du Sixième Patriarche au mont Ta-yu[7] ? Le
Patriarche lui demanda ce qu'il venait chercher, la robe ou
la méthode. Comme Ming lui répondait qu'il n'était pas là
pour la robe, mais pour la méthode, le Patriarche lui dit :
« Réunissez un instant vos esprits, et ne pensez plus ni au

4. Voici comment Houei-neng détourna la stance de Chen-sieou pour exprimer
sa propre réalisation : « L'Eveil n'a jamais eu besoin d'arbre./ Ni le clair miroir de
châssis./ La bouddhéité est toujours pure :/ Où donc y aurait-il de la poussière ? »
Chan, ch. 8.
5. Ce quatrain est traditionnellement celui que le Bouddha Śākyamuni
transmit à Mahākāśyapa. Il ne figure pas dans la *Lampe*.
6. *Tch'ou-kia-eul*, littéralement, « celui qui renonce à la vie de famille ».
7. « Il me fallut deux mois, dit Houei-neng, pour atteindre le mont Ta-yu. Je ne
m'étais pas rendu compte que j'étais suivi par plusieurs centaines de personnes
qui voulaient faire main basse sur la robe et la méthode. Mais à mi-chemin, ils
firent tous demi-tour, à l'exception d'un moine du clan Tch'en appelé Houei-
chouen (alias maître de Tch'an Tao-ming). Il avait été général de troisième rang et
par nature il était rude et méchant. Il grimpa tout droit jusqu'au sommet, se
précipita sur moi et m'attrapa. Je lui donnai immédiatement la robe spirituelle,
mais il n'en voulut point."J'ai parcouru cette longue route avec pour seul souci de
chercher la méthode, et non la robe." Alors, je lui transmis la méthode sur cette
montagne. A mes paroles, son esprit s'ouvrit... » Chan, ch. 11. Voyez aussi Shibata,
p. 91-96.

bien ni au mal. » Ming réfléchit. Le Patriarche reprit : « Ne
pensez plus ni au bien ni au mal et dites-moi à l'instant quel
était votre visage avant que vos parents ne vous conçoi-
vent ! » A ces mots, Ming connut soudain la silencieuse
coïncidence. S'étant incliné, il dit : « Qui boit de l'eau se
rend compte en personne si elle est chaude ou froide. Il y
avait un quidam qui s'était entraîné en vain pendant trente
ans dans la communauté du Cinquième Patriarche, et il a
fallu qu'il attende ce jour pour se débarrasser de sa vieille
méprise. » Le Patriarche répondit : « Certes, arrivé là, il
peut comprendre que Bodhidharma est venu d'Occident
pour nous montrer directement notre esprit, qu'en voyant
son essence on devient Bouddha, et que cela n'a rien à voir
avec les textes. »

Vous savez bien qu'Ānanda [8] demanda à Kāśyapa ce que
le Bouddha lui avait transmis en plus de la cape d'or [9].
Kāśyapa appela Ānanda par son nom. Ānanda fit : « Oui ! »
Alors Kāśyapa lui dit : « Va coucher ce mât qu'il y a devant
la porte ! » [10]

(Voilà qui fait l'éloge du Patriarche Ānanda !) [11]

— Comment se fait-il qu'Ānanda encourut du Bouddha,
qu'il avait servi pendant trente ans, des réprimandes, parce
qu'il n'avait fait qu'accumuler des connaissances intellectuelles ?

— Il vaut mieux marcher un seul jour sur la Voie que

8. Ānanda était le cousin du Bouddha. Son cadet de trente-cinq ans, il l'assista
pendant toute sa prédication et recueillit ses dernières paroles. Comme sa
mémoire était infaillible, il fut chargé lors du premier « concile » de réciter ce qu'il
avait entendu pour que les instructions fussent couchées par écrit. Mais son
orgueil intellectuel n'avait d'égal que sa science et l'empêchait de "pratiquer" ce
qu'il avait "compris".

9. Sur la transmission à Kāśyapa, *voyez ci-dessus* n. 5 et A 7 n. 6.

10. On dressait un mât, une bannière, à l'entrée du temple pour montrer qu'un
enseignement y était donné. L'enseignement terminé, on couchait le mât. Cf.
Shibata, p. 89.

11. Cette phrase semble être un ajout. Cf. Iriya, p. 89.

l'étudier mille. Quand on n'emprunte pas la Voie, on a même du mal à digérer une seule goutte d'eau[12].

---

12. Sans mettre en pratique ce qu'on a compris intellectuellement, on n'aboutit à rien. Cf. A 10 : « Je dis qu'ils souffrent d'indigestion. Une indigestion de connaissances théoriques n'est rien d'autre qu'en empoisonnement, une intoxication qui se déclare au sein de ce qui naît pour disparaître... »

LE RECUEIL DE WAN-LING (I)

(Wan-ling lou)

1

Son Excellence P'ei interrogea le maître :

— Parmi les cinq cents personnes qui vivent dans la
montagne[1], combien y en a-t-il qui ont compris votre
méthode, Révérend ?

— Impossible d'en deviner le nombre... Pourquoi ? Parce
que la Voie, qui consiste en une réalisation spirituelle, n'a
rien à voir avec le langage. Le langage sert seulement à
convertir les êtres ignorants et puérils.

2

— Qu'est-ce que le Bouddha ?

— L'esprit est le Bouddha, et le non-esprit, la Voie[1]. Dès
lors, il suffit de ne pas entrer dans un état d'esprit agité de

1. Le mont Houang-po...

1. Maître Pen-tsing du mont Sse-k'ong, disciple direct de Houei-neng, dit : « Si
vous voulez chercher le Bouddha, l'esprit est le Bouddha. Si vous voulez
comprendre la Voie, le non-esprit est la Voie. » On lui demanda : « Que veut dire
"l'esprit est le Bouddha" ? » « On s'éveille au Bouddha par l'esprit, répondit-il,
mais c'est le Bouddha qui voile l'esprit. Quand on réalise le non-esprit, il n'y a
même plus de Bouddha. » « Que veut dire "le non-esprit est la Voie" ? » « La Voie se
fonde sur le non-esprit, lequel a pour nom "Voie". Comprendre le non-esprit, c'est
la Voie. » Cf. *Lampe*, ch. 5, p. 247bc.

pensées sur l'être et le non-être, les qualités et les défauts, autrui et soi-même, le sujet et l'objet... car le fond de l'esprit, c'est le Bouddha, le fond du Bouddha, l'esprit, et l'esprit est comme le ciel[2]. « Le vrai corps absolu du Bouddha est comme le ciel[3] », est-il dit, et rien ne sert de le chercher ailleurs, « car toute quête s'avère douloureuse[4] ». Atteindre l'éveil d'un Bouddha en se livrant, par exemple, aux six transcendances et à l'infinité des pratiques pendant des kalpas aussi nombreux que les grains de sable du Gange, ce n'est toujours pas le fruit ultime, parce que tout cela relève encore de la fabrication de séries causales. Quand les causes primaires et secondaires n'existent plus en tant que telles, les choses retournent à l'impermanence, et en ce sens, il est dit que : « Les corps de jouissance et d'apparition ne sont pas le Bouddha réel et ils ne prêchent pas la vraie méthode[5]. » Il suffit donc de reconnaître son propre esprit pour que les notions de moi et d'autrui se résorbent dans le Bouddha originel.

---

2. Le ciel est la plus appréciée des métaphores de l'esprit, lui-même métaphore de la « vraie vie ». Voici la stance de passation de Vasumitra, le 7ᵉ Patriarche indien : « L'esprit ressemble au ciel,/Et pour le montrer, au ciel on a recours,/Car lorsqu'on comprend ce qu'est le ciel,/Plus rien n'est vrai, plus rien n'est faux. » Lampe, ch. 1, p. 208b. Bodhidharma écrit dans son Traité de l'éveil à l'essence (Wou-sing-louen, in Iriya, p. 95 n.) que : « Savoir que l'esprit est le ciel, c'est ce qu'on appelle "voir le Bouddha". » On peut également mentionner les techniques « célestes » de la Section de l'Espace (klong-sde) des tantras de l'Atiyoga (rdzogs-chen) transmises dans l'école rNying-ma-pa du bouddhisme tibétain.

3. Cf. A5 n. 2.

4. On trouve dans le Traité des deux accès et des quatre pratiques ce distique provenant des soûtras : « Le bonheur consiste à ne rien chercher, car toute quête s'avère douloureuse. » Le miroir de l'école (Tsong-king-lou), ch. 45, « cite » : « Avec l'esprit, tout est douloureux./Le bonheur, c'est le non-esprit. »

5. Cf. A 7 n. 7.

3

— Si le non-esprit du saint est le Bouddha, le non-esprit de l'homme ordinaire ne revient-il pas à une chute dans le silence du vide ?

— La Réalité ignore la distinction entre saints et êtres ordinaires ; elle ignore aussi la chute dans le silence. La Réalité, au fond, n'existe pas, mais cela n'est guère du nihilisme car, au fond encore, il y a une Réalité qui ne relève pourtant pas de l'existence. L'existence et l'inexistence ne sont que des opinions dictées par les affects. Elles sont là comme des illusions magiques, comme une taie sur l'œil :

« Ce qu'on voit et entend est comme magie et taie sur l'œil ;
Ce qu'on sait et ressent produit l'être vivant[2]. »

Dans les techniques des Patriarches et des maîtres, il est uniquement parlé de l'apaisement des mobiles et de l'oubli des opinions. Par conséquent,

« L'apaisement des mobiles est la prospérité de la Voie du Bouddha,
La différenciation œuvre à la splendeur des armées du diable[3]. »

---

1. Cf. A 11 n. 1.
2. Cf. Soûtra de la marche héroïque, ch. 6.
3. On peut lire dans la dernière section du même soûtra : « L'oubli des mobiles est la Voie du Bouddha./La différenciation est le champ du diable. » Iriya, p. 97. Les « mobiles » sont ici toutes nos bonnes raisons de ne pas nous éveiller.

4

— Puisque l'esprit est Bouddha depuis toujours, faut-il ou non s'exercer aux six transcendances et à l'infinité des pratiques ?

— C'est en esprit que la réalisation a lieu. Rien à voir avec les six transcendances et l'infinité des pratiques ! Transcendances et pratiques sont uniquement des techniques de conversion, des histoires de seconde importance faites pour accueillir et sauver ce qui vit. De même, la vraie talité de l'éveil, le corps absolu de la liberté au comble du réel, les niveaux extraordinaires des dix terres et des quatre fruits, tout cela, ce ne sont rien d'autre que des techniques de salut sans rapport avec l'esprit-Bouddha[1]. Puisque l'esprit est Bouddha, l'esprit-Bouddha est la plus éminente des techniques de salut. Mais lorsqu'on n'a pas l'esprit préoccupé par le saṃsāra et les passions, on n'a pas besoin de méthodes d'Eveil. « Le Bouddha a enseigné toutes les méthodes qui nous permettent de nous débarrasser de toutes nos pensées. Or, je n'ai aucune pensée. A quoi me serviraient ces méthodes[2] ? »

Du Bouddha au Patriarche, il n'a été question d'autre chose que de l'esprit un, encore appelé « véhicule unique[3] ».

1. « Qu'entend-on par l'expression "esprit-Bouddha" ? — » "Vraie talité" est le nom de l'esprit quand il n'a aucun aspect particulier ; "nature des choses" (l'Etre) est ce qui dans l'esprit ne se modifie jamais ; "liberté" désigne l'esprit sans la moindre contrainte ; "Eveil", son imblocable liberté ; et "nirvāna", sa paix absolue. » *Traité des deux accès et des quatre pratiques*, in Iriya, p. 99.

2. Ces paroles de Houei-neng sont citées dans la « Préface générale » du *Recueil des commentaires sur les sources du Tch'an (Tch'an-yuan tchou-k'iuan ki teou-siu)* de Tsong-mi.

3. Le "véhicule unique" est la méthode du *Lotus*, telle que l'expose le ch. « des expédients ». « Qu'est-ce que le véhicule unique ? » demande le laïc Houei-kouang au maître Ta-tchao. « L'esprit. » « Comment donc ? » « Voir que l'esprit est vide,

Fouillez méticuleusement tous les espaces, vous n'y trouverez point d'autre véhicule.

> « Ce taillis n'a ni branches ni feuilles,
> Seule y déborde la Réalité[4] »...

Mais voilà qui rend la chose plus incroyable encore !
Quand Bodhidharma arriva dans notre pays, il parcourut
les empires de Liang et de Wei, mais il ne rencontra que le
grand maître Houei-k'o pour avoir secrètement foi en son
propre esprit et comprendre au mot que « l'esprit est le
Bouddha[5] ». Or, il n'y a ni corps ni esprit : voilà la Voie
suprême. Depuis toujours, la Voie suprême est égale, et
celui qui a une foi profonde dans le fait que les « êtres
vivants ont tous une seule et même vraie nature[6] », celui-là
possède un esprit indistinct de cette nature[7], cette nature
est son esprit, son esprit ne diffère en rien de cette nature,
on l'appelle « Patriarche[8] » et il peut dire :

---

que rien n'y existe, c'est le véhicule unique ». « Celui qui voit clairement que
l'esprit est vide, que rien n'y existe et se trouve dans le véhicule unique, est-il
saint ? » « Oui ! » *Traité sur l'ouverture de l'esprit dévoilant l'essence jusqu'à l'éveil
soudain au principe absolu selon le grand véhicule (Ta-cheng k'ai-sin sien-sing
touen-wou tchen-tsong louen)*, T. 2835, vol. 85, p. 1279c.

4. Ce distique vient du ch. « des expédients » du *Lotus*.

5. *Cf. C 27 n. 1.*

6. Citation quasi verbatim expliquant « l'accès rationnel » (*li-jou*) au principe
absolu, que l'on trouve dans le *Mémoire des maîtres du Laṅka (Leng-k'ie che-ts'e-ki)*,
ch. 2, T. 2837, vol. 85, p. 1295 a11-12, *in* « Histoire de Bodhidharma ».

7. Le Tch'an consiste à « montrer directement *l'esprit* humain, à voir sa *nature*
pour devenir Bouddha », d'où l'équivalence de l'esprit et de la nature essentielle de
tout. Si l'esprit est le type-même de l'impermanent, la nature (essence) est juste le
contraire. Comment, alors, peut-il y avoir équivalence ? « Voir l'esprit » c'est se
fondre à sa substance à travers ses expressions (la « fonction » de la talité) jusqu'à
son essence silencieuse et calme, la bouddhéité.

8. Le Patriarche incarne l'intégration de l'expérience absolue dans l'ordre
temporel. C'est un initiateur, un hiérophante, un « maître spirituel » : « L'esprit,
l'esprit, l'esprit ! Qu'il est dur à trouver ! Dilaté, il comble l'univers ; contracté, il
est plus petit qu'une pointe d'aiguille. Le mal ne lui inspire pas de dégoût et le bien
pas de désir ; auprès des fous il reste sage et, lâchant sa méprise, il s'éveille. Ayant
parcouru la Grand-Voie au-delà de toute mesure, il pénètre l'esprit bouddhique

« Quand j'ai reconnu la nature de mon esprit,
Ce fut à proprement parler inimaginable[9]. »

5

— Est-ce que le Bouddha sauve les êtres vivants ?

— « En réalité, il n'y a pas d'êtres vivants que le Bouddha puisse sauver[1]. » « Il ne peut trouver de "moi". Comment trouverait-il un "non-moi"[2] ? » On ne peut rien trouver de tel que le Bouddha et les êtres vivants.

— Le Bouddha apparaît avec trente-deux marques majeures[3] et sauve les êtres vivants. Pourquoi dites-vous le contraire ?

par-delà tout degré. Il ne fraie plus avec les humbles ni avec les saints, et pour sa transcendance on le nomme « Patriarche ». « Méthode d'apaisement de l'esprit » (an-sin fa-men), in Les six méthodes de la Petite Caverne (Siao-che lieou-men), T. 2009, vol. 85, p. 370c.

9. Cf. A 12 n. 2.

1. « Que penses-tu, Subhūti, de ce que je vous recommande, à vous tous, de ne pas dire que le Tathāgata pense qu'il doit sauver les êtres vivants ? N'aie jamais pareille idée, Subhūti, parce qu'il n'y a en réalité pas d'êtres vivants que le Tathāgata puisse sauver. S'il y avait des êtres vivants que le Tathāgata puisse sauver, le Tathāgata aurait des concepts de moi, d'autrui, d'êtres vivants et de longévité. Or, Subhūti, le Tathāgata enseigne que l'existence du moi n'est pas l'existence du moi, bien que les gens du commun croient en l'existence du moi. Et des gens du commun, Subhūti, le Tathāgata dit qu'ils ne sont pas gens du commun et les appelle gens du commun. » Diamant, ch. 25.

2. « Moi et non-moi font deux. La nature propre du moi ne pouvant être trouvée, comment trouverait-on un non-moi ? » VMK, ch. 8 §15, Lamotte, p. 308.

3. Les 32 marques de l'être parfait (Bouddha, Souverain universel...) : plantes des pieds parfaitement plates et marquées chacune d'une roue de la spiritualité ; doigts et orteils oblongs ; reliés entre eux par une membrane ; les pieds larges, sans scaphoïde, etc. Pour plus de détails, cf., par exemple, Asanga, ch. 6 B, p. 60-61.

« Dis-moi ta pensée, Subhūti : est-il possible de contempler le Tathāgata à travers les 32 marques majeures ? Subhūti répondit : Certes, c'est à travers les 32 marques majeures que l'on contemple le Tathāgata. Le Bouddha reprit : Subhūti, en contemplant le Tathāgata à travers les 32 marques majeures, on fait d'un Souverain universel (cakravartin) un Tathāgata. Subhūti dit au Bouddha :

— « Tout ce qui a des marques est creux et faux. Quand on voit que toutes les marques ne sont pas des marques, on voit le Tathāgata[4]. » Le Bouddha et les êtres vivants ne sont rien d'autre que le produit de vos opinions erronées. C'est simplement parce que vous ne reconnaissez pas votre esprit fondamental que vous le profanez en théorisant à son sujet. A peine émettez-vous l'opinion qu'il y a un Bouddha que le Bouddha vous fait obstacle. A peine émettez-vous l'opinion qu'il y a des êtres vivants que les êtres vivants vous font obstacle. Vous avez toutes sortes d'opinions, sur l'ordinaire et l'extraordinaire, le pur et l'impur, qui sont autant d'obstacles. Tous ces obstacles se combinent à votre esprit pour former un engrenage de cercles vicieux où vous êtes bientôt comme un singe qui jette un fruit pour en cueillir un autre sans que cela prenne jamais fin. Bien qu'il s'agisse toujours d'étudier, il ne faut absolument rien étudier. Il n'y a pas d'ordinaire ni d'extraordinaire, pas de pur ni d'impur, pas de grand ni de petit, pas d'écoulement ni d'élaboration :

> « Dans un tel état d'esprit un,
> Les expédients s'appliquent à l'ornementation[5]. »

Vous, qui étudiez les trois véhicules et la dodécuple doctrine[6], renoncez en bloc à toutes vos explications théoriques. Ainsi, « quand tout a été chassé, on se garde un

---

Bhagavān, si je comprends bien ce que vous voulez dire, il ne faut pas contempler le Tathāgata à travers les 32 marques majeures. Alors le Bouddha chanta cette stance : Qui me voit dans la forme / Et me cherche dans le son / Emprunte la mauvaise voie / Et ne peut voir le Tathāgata. » *Diamant*, ch. 26.

« Dis-moi ta pensée, Subhūti : Est-il possible de contempler le Tathāgata à travers les 32 marques majeures ? — Non, Bhagavān, il n'est pas possible de contempler le Tathāgata à travers les 32 marques majeures, parce que le Tathāgata dit que les marques majeures ne sont pas des marques mais s'appellent marques. » *Diamant*, ch. 13.

4. *Diamant*.

5. Ce distique vient du *Filet de Brahma*, in Iriya, p. 105.

6. Les douze types de textes sacrés du bouddhisme : soûtras, chants, stances, circonstances, histoires personnelles, vies du Bouddha, merveilles, allégories, instructions spéciales, discours sans requête, textes détaillés et prophéties.

lit où l'on se couche comme un malade[7] ». Il faut commencer par ne plus avoir d'opinions, ni de but à atteindre, ni de blocages d'ordre méthodique, pour se dégager du champ de perception que représente le triple monde avec ses êtres ordinaires et ses saints et porter enfin le nom de « Bouddha ultramondain ».

C'est pourquoi, il est dit : « Je rends hommage à celui qui, comme l'espace, ne s'appuie sur rien et transcende les voies extérieures[8] ! » Sans différences dans l'esprit, pas de différences dans la Réalité ; sans élaborations dans l'esprit, pas d'élaborations dans la Réalité, car toutes les facettes de la Réalité sont des métamorphoses commandées par l'esprit. Donc, « mon esprit étant vide, tout est vide, et vides sont toutes les catégories[9] » ! L'espace vide qui s'étend dans toutes les directions partage la substance de l'esprit un. Il n'est guère plus de différences dans la Réalité que dans le fond de l'esprit, et c'est uniquement sur les divergences de vos théories que la discrimination se fonde. Lorsque, par exemple, les dieux mangent dans leur précieuse vaisselle, l'aspect formel de ce qu'ils mangent dépend de leurs mérites individuels[10]. Quant aux Bouddhas de tous les espaces, c'est le fait qu'ils n'y aient trouvé la moindre réalité qu'on appelle Eveil suprême[11]. Dans l'esprit un, il n'y

7. « A ce moment, le licchavi Vimalakīrti eut cette réflexion : Puisque Mañjuśrī prince héritier vient chez moi avec une suite nombreuse pour s'enquérir de ma maladie, je vais, par une opération miraculeuse, vider cette maison. J'expulserai les lits, les meubles, les domestiques et le portier ; je ne laisserai qu'un seul lit où je me coucherai en faisant le malade. » Lamotte, p. 222.

8. Iriya, p. 106, signale que cet hommage vient du *VMK*, mais je n'ai pu l'y retrouver.

9. Source inconnue.

10. L'esprit un est vide en essence, mais l'énergie neutre de sa créativité suit des modèles issus de la répétition de nos actions et de nos expériences pour s'exprimer dans les dix-huit sphères psychosensorielles.

11. « Subhūti s'adressa au Bouddha : Bhagavān, en atteignant le parfait Eveil suprême, le Bouddha n'a rien atteint de particulier, n'est-ce pas ? — Certes, Subhūti, certes, répondit le Bouddha. Quand j'ai atteint le parfait Eveil suprême, je n'ai trouvé la moindre réalité, et c'est ce fait que j'appelle parfait Eveil suprême. » *Diamant*, ch. 22.

a vraiment aucune différenciation, aucune lumière chatoyante non plus, pas de victoire ni de soumission. Sans victoire, pas de Bouddha, et sans soumission, pas d'êtres vivants !

— Si l'esprit n'a pas de caractères propres, comment se pourrait-il qu'à travers les trente-deux marques majeures il ne convertisse et sauve en aucun cas les êtres vivants ?

— Les trente-deux marques majeures relèvent des caractères particuliers, et « tout ce qui a des marques est creux et faux ». Quant aux quatre-vingt marques mineures, elles relèvent de la forme, mais :

« Qui me voit dans la forme
Emprunte la mauvaise voie
Et ne peut voir le Tathāgata[12]. »

6

— La nature du Bouddha est-elle semblable à la nature des êtres vivants ou bien en est-elle différente[1] ?

— Leurs natures ne sont ni semblables ni différentes. Dans la doctrine des tros véhicules, on parle de « nature du Bouddha » et de « nature des êtres vivants » suivant la causalité propre aux trois véhicules où existent des différences et des ressemblances. Cependant, dans le véhicule du Bouddha et dans la tradition du maître-Patriarche, il n'est rien affirmé de tel. On n'y fait que montrer l'esprit un, qui

12. Cf. n. 3 ci-dessus.
1. Dans son *Chant en quatorze couplets*, Pao-tche a glissé une section intitulée « non-dualité du Bouddha et des êtres vivants » : « Les êtres vivants sont indistincts du Bouddha / Dont la grande sagesse n'est autre que leur bêtise. / Il n'est point de trésor à chercher ailleurs, / Mais une perle lumineuse au cœur de ce corps-ci ! »

ne ressemble à rien et de nien ne diffère, qui n'est ni une cause ni un effet, et qui permet de dire :

« Seul ce véhicule unique,
Sans second ni troisième,
Sauf dans la prédication du Bouddha,
A titre d'expédients[2]. »

7

— Pourquoi le Bodhisattva Corps Infini ne vit-il pas la protubérance apicale du Tathāgata[1] ?

— Parce qu'il n'y avait en réalité rien à voir. Comment ? Le Bodhisattva Corps Infini n'étant autre que le Tathāgata lui-même, n'a rien d'autre à « voir ». Je ne vous demande qu'une seule chose : N'ayez pas d'opinions sur le Bouddha et le Bouddha ne vous limitera pas ; n'ayez pas d'opinions sur les êtres vivants et les êtres vivants ne vous limiteront pas ; sans opinion sur l'être, l'être ne vous limitera pas ; sans opinion sur le non-être, le non-être ne vous limitera pas ; sans opinion sur l'ordinaire, l'ordinaire ne vous limitera pas ; sans opinion sur l'extraordinaire, l'extraordinaire ne vous limitera pas, car dès que vous n'avez plus la moindre opinion sur quoi que ce soit, vous êtes le Bodhisattva Corps

2. Cette citation provient d'une stance du ch. « des expédients » du *Lotus*.
1. « Le Bodhisattva Corps Infini a la mesure de l'espace vide... C'est ce corps infini qu'on appelle nirvāṇa... Le grand parinirvāṇa a pour essence l'immensité. » *Nirvāṇa*, cité par Tao-sin *Le repos...*, *Hermès*, n° 4, p. 49. Pourtant, le même soûtra écrit dans son chapitre d'introduction que seul parmi les Bodhisattvas qui se pressaient au pied du trône du Bouddha, le Bodhisattva Corps Infini ne vit pas l'apex du Bouddha. Or, cet « apex » est le point le plus élevé de la protubérance crânienne (*uṣṇīṣa*) du Bouddha. « La protubérance crânienne du Bouddha émet des millions de rayons lumineux qui chacun se démultiplient en autres rayons de lumière à l'infini, mais les dieux, les hommes et les Bodhisattvas des dix terres ne peuvent les voir. » (*Soûtra de la contemplation du Bouddha*, *Kouan-fo-king*, ch. 3) « L'invisible apex » n'est que cette luminosité, l'une des 80 marques mineures du grand être, alors que la protubérance, visible, est l'une des 32 marques majeures.

Infini. J'appelle « voies extérieures » toutes les opinions qu'on peut se faire. « Ceux qui suivent des voies extérieures prennent leur plaisir dans la variété des opinions, tandis que le Bodhisattva, au sein même de toutes les opinions, reste imperturbable[2]. » « Le Tathāgata personnifie la talité de toutes choses[3] », dont il est dit : « La talité de tous les saints, c'est aussi ta talité à toi, ô Maitreya[4] ! » La talité est absence de naissance et absence d'extinction, absence d'opinions et absence d'informations. La protubérance apicale du Tathāgata est l'opinion parfaite, et comme il n'existe pas d'opinion parfaite, la perfection n'est pas une limite. Ainsi, « le corps du Bouddha n'est pas composé et ne tombe dans aucune catégorie[5] », et c'est à titre provisoire qu'on le compare au ciel en disant qu'il est « parfait comme le ciel où rien ne manque et où rien n'est en trop[6] ». Ne faites plutôt cas de rien, n'ayez aucune affaire, et ne vous forcez pas à délibérer sur quelque objet que ce soit, car toute délibération s'attache à son objet et devient conscience discriminante, comme le disent ces deux vers :

> « La perfection s'enfonce dans l'océan de la conscience
> Où elle est ballotée comme une lenticule[7]. »

Quand vous vous dites que vous la connaissez, que vous l'avez étudiée, que vous vous y êtes uni dans une illumination, que vous êtes libéré, que vous avez raison, si vos points forts vous comblent, vos faiblesses continuent de vous déplaire... Bref, toutes ces opinions, en quoi peuvent-elles

---

2. Citation du chapitre « de la consolation au malade » du *VMK*.

3. Citation du *Diamant*, ch. 17, *cf. A 2 n. 2.*

4. « La talité de tous les êtres, la talité de toutes choses, la talité de tous les saints, c'est aussi ta talité à toi, ô Maitreya. » *VMK*, ch. 3, § 51, Lamotte, p. 193.

5. « Le corps du Tathāgata est un corps inconditionné (: incomposé) à l'écart de tous les composés. Il échappe à toute énumération (:catégorie) ; en lui, toutes les énumérations sont éternellement apaisées. » *VMK*, ch. 3, § 45, Lamotte, p. 187.

6. Distique de la *Foi en l'esprit* de Seng-ts'an, le 3ᵉ Patriarche.

7. Ce distique vient du *Chant sur le Soûtra du Diamant de Fou Si des Liang*, ch. 6 (*Liang-tch'ao Fou Ta-che song Tsin-kang-king*), T. 2732, vol. 85, p. 2c.

vous êtres utiles ? Je vous le dis, restez sans rien faire et sans souci, mais ne profanez pas les exercices spirituels.

> « Rien ne sert de chercher la vérité,
> Il suffit de ne plus chérir d'opinions à son sujet[8]. »

Alors,

> « Les opinions intérieures et extérieures sont toutes fausses ;
> La voie du Bouddha et la voie du diable sont aussi pernicieuses l'une que l'autre[9]. »

Ainsi Mañjuśrī fut-il relégué entre deux montagnes métalliques circulaires pour avoir, le temps d'un instant, entretenu une opinion dualiste[10]. Or, Mañjuśrī est la sagesse réelle et Samantabhadra, la sagesse provisoire[11]. Le provisoire et le réel existent relativement l'un à l'autre, ultimement il n'y a pas de provisoire et de réel, mais seulement l'esprit un. L'esprit non plus n'est pas le Bouddha, ni les êtres vivants, et aucune autre opinion n'est

---

8. Autre distique de la *Foi en l'esprit*.

9. Vers de *L'éloge du grand véhicule* de Pao-tche, *cf. A 15 n. 12.*

10. C'est le *Soûtra où sont réunis les enseignements essentiels de tous les Bouddhas* (*Tchou-fo yao-tsi king*) qui raconte cette anecdote : Śākyamuni était allé prêcher chez le Bouddha Devarāja. Il avait ordonné à Ānanda, son serviteur, de répondre à tout visiteur qu'il se trouvait au Pic des Vautours, mais Ānanda n'avait pu s'empêcher de dire à Mañjuśrī où le Bouddha se trouvait effectivement. Une fois chez le Bouddha Devarāja, Mañjuśrī apprit qu'il était là dans un monde réservé aux Bouddhas accomplis, partant, d'accès interdit aux Bodhisattvas. Refoulé, par lui-même, hors de la salle de prédication, Mañjuśrī réfléchit : « S'il fallait que je sois Bouddha, je pourrais l'être sur le champ, mais pour le bien des êtres vivants, je m'en tiendrai au niveau de Bodhisattva. Pourquoi m'introduirais-je dans une sphère réservée aux seuls Bouddhas ? » À peine cette pensée dualiste eut-elle jailli que le Bouddha Devarāja projeta Mañjuśrī entre deux des sept montagnes circulaires métalliques qui entourent le mont Meru et les continents, là où le soleil et la lune ne brillent jamais.

11. Variation sur les deux Bodhisattvas « causaux » du *Soûtra de l'ornementation fleurie* (*Houa-yen-king*), tels qu'ils sont présentés, par exemple, dans *La totale interfusion des trois glorieux* (*San-cheng yuan-jong kouan-men*), une contemplation écrite par Tch'eng-kouan, T. 1882, vol. 45, p. 671a-672a.

possible, car dès qu'on a une opinion sur le Bouddha, on a une opinion sur les êtres vivants, sur leur être ou leur non-être, leur éternité ou leur néant. Les deux montagnes de fer circulaires représentent le voile créé par les opinions. Le maître-Patriarche, donc, montra directement aux êtres vivants que la substance même de leur corps et de leur esprit avait toujours été le Bouddha. Or, le Bouddha n'a pas besoin de pratiques pour exister, il ne dépend pas d'une progression et il n'est ni lumineux ni obscur. N'étant pas lumineux, il est ignorance ; n'étant pas obscur, il est absence de ténèbres, si bien « qu'il n'y a pas d'ignorance ni de fin de l'ignorance[12] ».

Pour entrer dans notre école, il faut absolument se rappeler ce qui précède. Quand on est capable de telle opinion, on peut parler de « voir la Réalité », et on appelle Bouddha celui qui voit la Réalité. Quand il n'y a ni Bouddha ni méthode menant à la Réalité, on parle de « communauté », de communauté de moines inactifs[13], ou encore, de « trois joyaux en un ». Que celui qui cherche la Réalité ne s'attache pas à la quête du Bouddha, à la quête d'une méthode, à la quête d'une communauté. Il devrait plutôt ne rien chercher. Comme il cherche sans s'attacher au Bouddha, il n'y a pas de Bouddha ; comme il cherche sans s'attacher à la méthode, il n'y a pas de méthode ; et comme il cherche sans s'attacher à la communauté, il n'y a pas de communauté.

12. Comme le dit le *Soûtra du Cœur*.
13. Leur désœuvrement n'est autre que le paisible silence de l'essence de toutes choses.

8

— Dans votre enseignement d'aujourd'hui, Révérend, vous avez affirmé qu'il n'y avait pas de méthode ni de communauté. Comment est-ce possible ?

— Si vous croyez qu'il existe une méthode qui se puisse prêcher, « vous me cherchez dans le son d'une voix[1] ». Si vous croyez que le moi existe, vous en créez le lieu[2]. Il n'y a pas non plus de méthode pour la méthode, car la méthode, c'est l'esprit, comme le dit le maître-Patriarche :

« Lorsque je te confie cette méthode de l'esprit,
Quelle a jamais été la méthode de la méthode ?
Dès qu'il n'y a plus ni méthode ni esprit fondamental,
On comprend la méthode de l'esprit à l'esprit[3]. »

« Il n'y a, en réalité, rien à trouver[4] », c'est ce que j'appelle « être assis dans le lieu même de la Voie[5] ». Le lieu de la Voie est simplement l'absence d'opinions et l'éveil au vide fondamental de la Réalité, que désigne l'expression « embryon de Tathāgata vide[6] ».

---

1. *Diamant*, ch. 26, *cf. B 5 n. 3.*
2. L'existence des objets n'a de valeur qu'affirmée par un moi, et ce moi, affirmé par lui-même, permet, une fois infirmé dans le non-esprit, d'infirmer l'existence des objets.
3. Le premier distique de ce quatrain composite vient de la stance de passation de Śākyamuni à Kāśyapa, *cf. A 16.* Le troisième vers vient de la stance du 4ᵉ Patriarche indien, et le quatrième vers, de Houei-neng.
4. *Diamant*.
5. « Tout est le lieu de la Voie pour qui sait que tout est vide », dit Vimalakīrti, ch. 3, § 59, Lamotte, p. 202.
6. Cf. A n. 6.

« Rien n'a jamais existé :
Où y aurait-il de la poussière[7] ? »

Si vous comprenez le sens qui gît là, impossible de décrire votre liberté !

9

— Puisque « rien n'a jamais existé », est-ce de « rien » qu'il s'agit ?
— Non, pas du néant ! Rien de tel dans l'Eveil, pas de théorie du néant...

10

— Qu'est-ce que le Bouddha ?
— Votre esprit est le Bouddha. Le Bouddha est l'esprit. L'esprit et le Bouddha ne sont pas différents. « L'esprit est le Bouddha » et « ailleurs qu'en l'esprit il n'est pas de Bouddha[1] ».
— Si mon propre esprit est le Bouddha, qu'est-ce que le maître-Patriarche est venu nous transmettre d'Occident ?

---

7. Le célèbre « Rien n'a jamais existé » de Houei-neng est une variante du 3ᵉ vers de sa stance subitiste. Cf. A 16 n. 4. Notez la différence entre « La bouddhéité a toujours été pure » et « Rien n'a jamais existé »...

1. Cf. section précédente, n. 7.

1. Nous sommes à présent familiers avec cette expression de l'identité de l'esprit et du Bouddha. Dans L'esprit-roi (Sin-wang-ming), Fou Si écrit : « Outre cet esprit-roi / Il n'est d'autre Bouddha. / Si vous cherchez le Bouddha, / Que rien ne le souille ! »

— Le maître-Patriarche est venu d'Occident uniquement
pour transmettre l'esprit-Bouddha et vous montrer directement que votre esprit a toujours été le Bouddha. On parle de
« Patriarche » quand il n'y a pas de différence entre les
esprits[2]. En comprenant immédiatement ce que cela
signifie, vous sautez d'un seul bond par dessus tous les
niveaux des trois véhicules. Le Bouddha est là depuis
toujours, sans qu'il faille le réaliser par des exercices
temporaires.

— S'il en est ainsi, quelle méthode les Bouddhas qui se
manifestent dans tous les espaces prêchent-ils ?

— Les Bouddhas qui se manifestent dans tous les espaces
prêchent tous la méthode de l'esprit un uniquement, et le
Bouddha la transmit en secret au grand Mahākāśyapa. La
substance de cette méthode de l'esprit un n'est que le ciel, et
comme elle comble le domaine absolu, on l'appelle « tous
les Bouddhas ». Mais comment prouver une telle méthode à
l'aide de mots ? Vous ne pourrez pas la voir dans un mobile
ou un objet, car elle n'est rien d'autre qu'une « silencieuse
coïncidence », et la compréhension même de cette méthode
précise porte le nom de « réalité incomposée ». Pour en faire
vous-même l'expérience, il vous suffit de connaître le
non-esprit et vous y parviendrez dans une réalisation
soudaine. Mais si vous vous livrez à des exercices spirituels
et à l'étude à seule fin de vous emparer de la réalisation, de
tours en détours, vous vous en éloignerez toujours plus. Dès
que vous êtres libre de « l'esprit qui bifurque » et de
« l'esprit qui ne fait que prendre et rejeter », votre esprit
ressemble au bois et à la pierre, et vous entrez dans
l'adeptat.

— Il est manifeste que j'ai toutes sortes de pensées
erronées, alors pourquoi dites-vous le contraire ?

---

2. Entre l'esprit du maître et l'esprit du disciple. « Patriarche », *cf. B 4 n. 7.*

— L'erreur n'a au fond pas de substance et c'est votre esprit qui l'engendre. En reconnaissant en votre esprit le Bouddha, toute erreur s'y abolit, et vous ne pouvez plus entretenir de pensées dites erronées. En n'entrant dans aucun état d'esprit qu'agitent les pensées, vous êtes naturellement au-delà de l'erreur. C'est en ce sens qu'il est écrit que :

« Quand naît l'esprit mille choses naissent aussi,
Et quand l'esprit s'éteint mille choses s'éteignent[3]. »

— Où se trouve le Bouddha, dans mes pensées correctes ou dans mes pensées erronées ?

— Quand vous avez une fausse perception et qu'elle se rectifie, c'est le Bouddha. Si vous pouviez ne pas avoir de pensées erronées, il n'y aurait pas non plus de Bouddha. Pourquoi donc ? Parce que si vous produisez des pensées qui sont autant d'opinions sur le Bouddha, vous croyez qu'il existe un Bouddha que vous pouvez devenir. Si vous avez des opinions sur les êtres vivants, vous croyez que des êtres existent, que vous pouvez sauver. Produire des pensées qui s'agitent, voilà le lieu de vos opinions. Si vous n'aviez aucune opinion, où serait le Bouddha[4] ? Dès que Mañjuśrī eut une opinion sur le Bouddha, il fut relégué entre deux des montagnes de fer circulaires[5].

— Quand on parvient à une réalisation correcte, où est le Bouddha ?

— D'où vient votre question[6] ? D'où s'élève votre percep-

---

3. Ce distique, apparaissant, entre autres, dans le *Laṅka*, *La marche héroïque* et *La naissance de la foi*, était cher aux maîtres Tch'an.
4. « Quand on dit que l'essence est pure, on veut dire qu'elle est "introuvable". Par "introuvable", on entend "inlocalisable", par "inlocalisable", "réalisé", et par "réalisé", le ciel... » *Soûtra de la clarté sapientiale dont s'orne le Tathāgata (Jou-lai tchouang-yen tche-houei kouang-ming king)*, cité par Iriya, p. 124.
5. *Cf. B 7 n. 11.*
6. On trouve une interrogation analogue dans *Les entretiens de Tchao-tcheou* : « Comment est-ce lorsqu'on "retourne à la source pour découvrir le sens" ? » — « On dirait la pire des confusions ! » — « Je n'y comprends rien ! » — « D'où vient ce "je n'y comprends rien" ? » Cité par Iriya, p. 124.

tion ? La parole et le silence, le mouvement et l'immobilité, les sons et les formes, voilà autant d'affaires du Bouddha[7], alors, où chercher le Bouddha ? On ne peut pas se mettre une tête au-dessus de la tête[8], se coller une bouche à la bouche ! La seule chose à faire, c'est de n'avoir aucune opinion. Les montagnes sont les montagnes, les rivières sont les rivières, les moines sont les moines, les laïcs sont les laïcs. La terre couverte de monts et de fleuves, le soleil, la lune et les étoiles ne sont autres que votre esprit. Les univers du trichiliocosme ne sont autres que vous-même[9]... Où y aurait-il une telle variété, sinon dans l'esprit ? Ces montagnes bleutées qui nous comblent le regard et les univers perdus dans l'espace forment une seule terre de blancheur[10], où il n'est pas un atome de réalité sur lequel vous puissiez théoriser. Ainsi, les sons et les formes sont

---

7. « Le lieu de toutes choses, de tout désir sensuel et de tout mauvais karma, le Bodhisattva pris dans la vie le considère comme « affaire de Bouddha », comme sphère nirvāṇique, comme vérité suprême (...) Le Bodhisattva voit clairement tout comme un lieu de pratique et, sans la moindre discrimination, il y retrouve toujours l'affaire bouddhique... » Les deux accès et les quatre pratiques, cité par Iriya, p. 125.

8. Voici l'apologue de Yajñadatta, provenant du ch. 4 du Soûtra de la marche héroïque (T. 945, p. 121b), tel que le raconte Demiéville dans Lin-tsi, p. 66-67 : « Yajñadatta, un bel homme de la ville de Śrāvastī, se complaît à regarder son visage devant un miroir. Soudain, il ne le voit plus et, frappé de démence, il se met à courir à la recherche de sa tête, croyant que l'image du miroir était l'œuvre d'un démon. L'image, explique le soûtra, c'était le produit de sa fausse imagination, auquel il a eu le tort de s'attacher ; la vraie tête, c'est « l'Eveil merveilleux », notre face véritable mais invisible que Yajñadatta a méconnue. »

9. « Voulez-vous connaître le Triple Monde ? demande Lin-tsi. Il n'est autre que la terre de votre propre esprit, à vous qui êtes là maintenant à écouter la Loi. Une seule de vos pensées de concupiscence, voilà le Monde du Désir ; une seule de vos pensées de colère, voilà le Monde de la Matière (: de la forme) ; une seule de vos pensées de déraison, voilà le Monde Immatériel (: sans forme). Ce sont là meubles de votre propre maison. Le Triple Monde ne saurait dire de lui-même : "Je suis le Triple Monde". C'est vous, adeptes, qui vous êtes là tout vifs à illuminer toutes choses, à peser et mesurer le monde, c'est vous qui mettez un nom sur le Triple Monde. » Demiéville, p. 121.

10. Cf. A 15 : « La pureté primordiale est une terre de blancheur... »

tous l'œil de connaissance du Bouddha[11]. Les choses ne
naissent pas toutes seules, mais seulement en s'appuyant
sur un objet, et c'est à cause des choses qu'il y a tant de
sagesse. Je pourrais en parler toute la journée, mais pour
dire quoi ? Vous pourriez m'écouter tout le jour, mais pour
comprendre quoi[12] ? Ainsi, le Bouddha prêcha pendant
quarante-neuf ans sans dire un seul mot[13].

— Dans ce cas, où est l'Eveil ?

— « L'éveil n'est pas localisable[14]. » Le Bouddha n'a pas
plus atteint l'Eveil que les êtres vivants ne l'ont perdu. « On
ne peut pas l'atteindre avec le corps ni le chercher avec
l'esprit[15]. » Tous les êtres vivants sont des attributs de
l'Eveil.

— Comment produit-on l'esprit d'Eveil[16] ?

— L'éveil n'est pas quelque chose que l'on trouve. Il vous

11. Iriya, p. 125, précise que la version de ce texte du *Kou-tsouen-sou yu-lou* ne
parle pas d'« œil », mais de « connaissance » uniquement.

12. « Révérend Maudgalyāyana, dit Vimalakīrti, quelle prédication pourrait-il y
avoir sur une telle loi (: réalité) ? Le mot prédicateur est une affirmation gratuite ;
le mot auditeur, lui aussi, est une affirmation gratuite. Là où n'existe aucune
affirmation gratuite, il n'y a personne pour prêcher, pour entendre ou pour
comprendre. » Lamotte, p. 148.

13. « Mahāmati s'adressa au Bouddha : Seigneur, vous avez dit : "J'ai, une
certaine nuit, atteint la plus haute réalisation, et, une autre nuit, je suis entré dans
le nirvāṇa. Pendant tout le temps qui passa entre ces deux nuits, je ne dis pas un
mot. Non seulement je ne dis rien, mais je n'avais rien à dire. Or, ne rien avoir à
dire, c'est justement la prédication du Tathāgata". » *Laṅka*, ch. 3, *in* Iriya, p. 126.

14. « De même, (reprit la Déesse), Révérend Śāriputra, il est impossible et cela
ne peut arriver que j'atteigne jamais la suprême et parfaite illumination (: Eveil).
Pourquoi ? Parce que la suprême illumination repose sur une non-base. En
conséquence, en l'absence de toute base, qui arriverait à la suprême illumination ? » *VMK*, ch. 6, § 16, Lamotte, p. 283. Dans son *Lin-tsi*, p. 123, Demiéville
traduit le même passage, à partir du chinois (T. 475, II, p. 548) : L'Eveil est
inlocalisé, et c'est pourquoi il ne saurait être obtenu. » Cf. aussi *La foi en l'esprit*.

15. « La bodhi (: Eveil) n'est pas attestée par le corps et n'est pas attestée par la
pensée (: esprit). » *VMK*, ch. 3, § 52, Lamotte, p. 194.

16. La « production de l'esprit d'Eveil » (*fa-sin, bodhicittotpāda*) est la pratique
essentielle du Bodhisattva. Le *Diamant* l'expose sous l'angle de la *Prajñāpāramitā*,
ce que Houang-po continue avec le brio d'un Vimalakīrti. On aime définir cet
esprit comme « vacuité dont le cœur est compassion » et à le qualifier de
« bienveillance et mansuétude ».

suffit donc de produire l'esprit de ce qui est introuvable, et quand vous ne trouverez absolument rien, ce sera l'esprit d'Eveil. « L'Eveil ne se fixe nulle part[17] », et pour cette raison, nul ne peut le trouver. Il est dit : « Comme en Dīpamkara je n'avais trouvé aucune réalité, ce Bouddha put prophétiser mon Eveil[18]. » Quand on sait clairement que « tous les êtres vivants ont toujours été Eveillés[19] », on n'a plus d'Eveil à trouver. Vous faites de cet esprit d'Eveil dont nous parlons un état d'esprit permettant de s'approprier la bouddhéité, mais ce n'en est là qu'une contrefaçon. Quand bien même vous vous y exerceriez pendant trois kalpas incalculables, vous ne feriez que parvenir à la bouddhéité en corps de jouissance ou d'apparition. Quel rapport avec le Bouddha de votre véritable nature primordiale ? Il est dit en ce sens :

« Chercher ailleurs un Bouddha avec des attributs,
    Cela ne vous ressemble guère[20] ! »

11

— Puisque, au fond, nous sommes des Bouddhas, comment se fait-il qu'il y ait quatre modes de naissance et six destinées d'où jaillit la variété des corps et des formes ?

— Les Bouddhas sont une substance parfaite qui ne

---

17. « La bodhi, qui n'est ni quelque part ni nulle part, ne se trouve ni ici ni là. » *VMK*, ch. 3, § 52, Lamotte, p. 196. Cf. aussi n. 14 ci-dessus.

18. *Diamant*, ch. 17.

19. « Révérend Maitreya, continue Vimalakīrti, au moment où tu arriveras à la suprême et parfaite illumination, à ce moment tous les êtres, eux aussi, arriveront à cette même illumination. Pourquoi ? Parce que cette illumination est déjà acquise par tous les êtres. » Ch. 3, § 51, Lamotte, p. 193.

20. Ces deux vers viennent de la stance de passation de Buddhanandi, le 8ᵉ Patriarche, qui conclut sur ce distique : « Si tu veux reconnaître ton esprit,/ Tu n'as rien à unir, rien à séparer. » *Lampe*, ch. 1, p. 208c.

s'accroît ni ne diminue en rien. Plongée dans les six voies de l'existence, elle reste partout entière, et au sein de chaque espèce, chaque individu est Bouddha. Prenons l'exemple du mercure. Quand on le répand, il coule partout en petites sphères parfaites. Avant qu'on le divise, il forme un seul corps homogène, dont l'unité est le tout, un tout qui ne fait qu'un [1]. On peut comparer la variété des corps et des formes à différents lieux d'habitation. On quitte l'écurie pour la maison humaine, on quitte son corps d'homme pour un corps divin, puis on habite les demeures des Auditeurs, des Bouddhas-par-soi, des Bodhisattvas et des Bouddhas, autant de choses que vous prenez puis rejetez, créant ainsi des différences. Or, comment y aurait-il des différences dans notre nature primordiale ?

12

— Comment les Bouddhas pratiquent-ils la grande compassion [1] et prêchent-ils la méthode pour les êtres vivants ?

— La compassion du Bouddha est non-référentielle, c'est pourquoi, on l'appelle « grande compassion ». Bienveillance, elle consiste à ne pas croire en l'existence d'un Bouddha que l'on peut devenir ; et mansuétude, elle ne croit pas qu'il existe des êtres vivants susceptibles d'êtres sauvés.

1. Sur l'un et le tout, l'école de l'Avataṃsaka présente la thèse de la totale interfusion. Chaque perle du filet d'Indra reflète toutes les autres perles et dans chaque autre perle elle est reflétée. Bootstrap theory ? Cf. également La foi en l'esprit et le discours Houa-yen attribué à Seng-ts'an dans le Mémoire des maîtres du Laṅkā, T. 2837, vol. 85, p. 1286c.

1. La « grande compassion » *(ta-ts'e-pei, mahākaruṇā)* représente métaphysiquement l'unité dynamique et recentrante de l'essence vide et des attributs lumineux. Elle n'est pas seulement « bienveillance », *(ts'e, maitrī)* et « mansuétude » *(pei, dayā)*, mais pratique de ces vertus dans la vacuité.

Quand les Bouddhas prêchent la méthode, ils n'enseignent
ni n'exposent rien, et ceux qui écoutent leur prédication
n'entendent ni ne trouvent rien. « On dirait des hommes
magiques prêchant à des auditeurs magiques [2]. » En préten-
dant qu'à l'audition d'une parole de votre maître spirituel,
vous pouvez faire l'expérience de cette méthode et la
réaliser, et en faisant de votre étude de la compassion un
chaos d'états d'âme et de pensées, vous restez coincé dans
les explications théoriques et les opinions sans réaliser par
vous-même votre esprit fondamental, ce qui, en fin de
compte, s'avère inutile.

                                    13

— Qu'est-ce que le courage ?
— On appelle "courage de la vigueur primordiale [1]" le fait
que ni corps ni esprit ne s'agitent. A peine une pensée
s'élève-t-elle et s'extériorise qu'on parle de « la passion pour
la chasse du roi Kālirāja [2] ». Dissoudre la pensée pour

---

2. *Cf. B 10 n. 12* et fin : « C'est comme si un homme magique prêchait la loi à
d'autres hommes magiques. » Lamotte, p. 149.

1. « Le jeune dieu appelé "Qui Ne Fait Demi-Tour" prit la parole : Ne s'attacher
à rien, ne rien trancher, ne rien ajouter ni ôter et ne croire à aucune souillure en
purifier tout en s'extirpant totalement de l'objet, voilà ce qu'on appelle le courage
primordial du Bodhisattva. En d'autres termes, ce courage consiste en la totale
immobilité du corps et de l'esprit. Alors, le seigneur Bouddha félicita le jeune dieu
et dit : La totale immobilité du corps et de l'esprit dont tu viens de parler porte le
nom de courage de la vigueur primordiale. » *Soûtra demandé par Brahma (Sse-yi
fan-t'ien souo-wen king)* ch. 4, *in* Iriya, p. 131.
2. Cf. *Diamant*, ch. 14, Appendice.
Il y a fort longtemps, Śākyamuni était un rishi passé maître en fait de patience
(*kṣānti*) appelé Kṣāntyrṣi. Un jour, le roi Kālirāja, suivi des demoiselles du palais,
partit en promenade dans la forêt et s'endormit sous un arbre. En s'éveillant, il
s'aperçut que les demoiselles étaient parties. En effet, elles étaient toutes autour
de Kṣāntyrṣi qui leur enseignait sa spiritualité. Vexé, le roi entra dans une colère
terrible et, se jetant sur le sage, il lui coupa successivement les deux oreilles, le nez,
les mains et les pieds, mais le rishi restait sans haine ni colère et supportait sans
broncher la torture...

qu'elle n'erre pas au dehors, c'est être Kṣāntyrṣi. L'absence aussi bien de corps que d'esprit, c'est la Voie du Bouddha.

14

— Peut-on ou non suivre la Voie dans le non-esprit ?
— Le non-esprit est lui-même le parcours de la Voie. Qu'allez-vous chercher des « peut-on » et des « ou non » ! Ayez une pensée pendant un dixième de seconde, et vous aurez un objet. Quand on n'a pas une seule pensée, les objets tombent dans l'oubli, l'esprit s'éteint de lui-même et il n'y a plus rien à poursuivre.

15

— Qu'est-ce que « sortir du triple monde » ?
— « Ne pensez ni au bien ni au mal [1] » et sur le champ vous sortirez du triple monde ! Le Tathāgata se manifeste dans le monde pour infirmer les trois niveaux de l'existence [2]. Quand l'esprit ne se trouve dans aucun état particulier, le triple monde, lui non plus, n'existe pas. Prenez une particule et divisez-la en cent parties. Si vous en trouvez quatre-vingt-dix-neuf dépourvues d'existence contre une seule existant vraiment, ce n'est pas encore la victoire du mahāyāna [3]. Cent pour cent de non-être et la victoire est possible pour le mahāyāna [4] !

1. Paroles de Houei-neng à Tao-ming. Cf. A 16 n. 7 et Shibata, p. 91-96.
2. Le triple monde sous l'angle métaphysique de l'être confondu avec l'étant, de l'essence assimilée à l'existence.
3. Nom sanskrit du grand véhicule, synonyme ici d'esprit un ou non-esprit.
4. Non-être, puis non-être du non-être... ad infinitum ?

16

Le maître monta en salle et prit la parole :

L'esprit est Bouddha. Depuis les Bouddhas tout là-haut
jusqu'aux êtres animés qui grouillent tout en bas, tous ont
une nature de Bouddha et forment ensemble la substance de
l'esprit un. Aussi Bodhidharma ne quitta-t-il ses cieux
d'Occident que pour transmettre la méthode de l'esprit un
et pour montrer directement à tous les êtres qu'ils sont le
Bouddha depuis toujours, sans qu'il soit besoin pour cela,
même temporairement, de quelconques pratiques. Reconnaissez dès à présent votre propre esprit et vous en saurez
assez pour voir votre nature originelle sans avoir plus rien
d'autre à chercher. Mais qu'est-ce que « reconnaître son
esprit » ? « Celui qui parle en ce moment est précisément
votre esprit [1] », car s'il ne parlait pas, l'esprit n'aurait pas de
fonction [2]. La substance de l'esprit est analogue au ciel. Elle
n'a ni aspect ni forme, ni lieu ni direction. N'étant pas non
plus un néant absolu, elle possède l'être, mais de manière
imperceptible. Comme le dit le maître-Patriarche :

1. Cette déclaration est de Ma Tsou : « Vous voulez reconnaître l'esprit, eh bien,
celui qui parle en ce moment est votre esprit, et cet esprit, on l'appelle Bouddha,
Bouddha en absolu corps de réalité, et encore, Voie. » *Tsong-king-lou*, T. 2016,
vol. 48, p. 492a 10-12. Cette idée, particulière au Tch'an de Hong-tcheou, se trouve
déjà dans *L'éloge du grand véhicule* de Pao-tche, qui vivait sous les Liang. On la
retrouve dans *Le traité des artères (Siue-mai-louen)* de Bodhidharma, ainsi que dans
maints dialogues Tch'an, dans la bouche de Si-ts'ien de Che-t'eou, de Sing-sse de
Ki-tcheou, etc...
2. C'est sur ce point que Tsong-mi (780-841), adepte et érudit à la fois du Tch'an
et du Houa-yen, et contemporain de Houang-po, critique le Tch'an dit « de
Hong-tcheou », en ce sens qu'il y a un risque à « donner à penser de la sorte », en
oubliant l'univocité des attributs par rapport à l'essence de l'esprit. *La substance*

« La réelle essence, trésor de la terre de l'esprit,
N'a ni tête ni queue ;
Répondant aux circonstances, elle convertit les êtres
Par des expédients qualifiés de sagesse [3]. »

On ne peut dire si elle existe ou non quand il ne lui faut pas répondre aux circonstances, mais à l'instant précis de la réponse, elle ne laisse aucune trace d'elle-même [4]. Maintenant que vous savez cela, allez vous reposer dans le non-être, et ce faisant, vous suivrez le chemin de tous les Bouddhas. « Il faut avoir des pensées sans qu'elles ne se fixent », dit le soûtra [5]. Tous les êtres vivants pris dans le cercle des morts et des renaissances gauchissent l'esprit à coups de mental. Cet esprit, alors, va et vient dans les six destinées où il ressent toute une variété de souffrances. « L'esprit des durs à convertir, dit Vimalakīrti, est pareil à un singe. On peut, à l'aide de différentes méthodes, le contrôler jusqu'à en avoir une totale maîtrise [6]. » Or,

« Quand naît l'esprit mille choses naissent aussi,
Et quand l'esprit s'éteint mille choses s'éteignent [7]. »

---

de l'esprit exprime son essence dans ses attributs ; les attributs ne sont pas cette substance, mais la fonction, l'œuvre, l'utilité et l'utilisation, toujours suivant notre « entendement », de l'esprit. Ceci est expliqué dans la Postface de Yanagida Seizan à l'ouvrage d'Iriya, p. 151-184.

3. Stance de passation de Puryamitra, 26ᵉ Patriarche, à Prajñādhara, le maître de Bodhidharma. Cf. *Lampe*, ch. 3, p. 216a 13-14.

4. Comparer avec *A I* : « Quand l'occasion se présente, ils (les mérites) s'expriment, sinon, ils restent tranquilles. »

5. *Diamant*, ch. 14. Cf. *A 15 n. 11*.

6. « Ainsi donc, par de multiples expositions de la loi, Śākyamuni édifie la pensée (: esprit) de ces êtres pareils à des chevaux rétifs ("singes", dans la traduction de K'ien-tche). Et de même que les chevaux et les éléphants rétifs sont domptés par un croc qui les perce jusqu'à l'os, ainsi les êtres de l'univers Sahā, rétifs et difficilkes à convertir, sont convertis par des discours dénonçant toutes les douleurs. » *VMK*, ch. 9, § 15, Lamotte, p. 331 et note.

7. Cf. *B 10 n. 3*.

Cela vous permet de savoir que tout est fabriqué par l'esprit, y compris les mondes humains, divins et infernaux, bref, les six destinées, antidieux inclus, tout cela est fabriqué par l'esprit.

Exercez-vous uniquement au non-esprit, et les circonstances, tout d'un coup, s'apaiseront. Ne cultivez pas la discrimination qui n'est qu'un concept erroné, car il n'y a ni moi ni autrui, ni cupidité ni dégoût, ni haine ni amour, ni victoire ni défaite. Il suffit de chasser tous ces concepts erronés, aussi nombreux soient-ils, pour que, du fait de votre primordialement pure essence, vous mettiez en pratique l'Eveil et le Bouddha en corps absolu. Sans comprendre ce que cela signifie, quelle que soit votre culture et en dépit de vos pratiques ascétiques — consistant à se nourrir de baies sauvages et se vêtir de paille —, vous ne reconnaîtrez pas votre propre esprit. J'appelle « activités perverses » toutes ces pratiques ascétiques juste bonnes pour les indifèles qui craignent les dieux, les démons et les génies des eaux et du sol. Vous, quel profit pourriez-vous en tirer ? Le seigneur Pao-tche écrit :

« Ma propre substance est le fait de mon esprit :
Qu'irais-je la chercher dans les mots et les textes[8] ? »

Reconnaissez donc votre esprit dès à présent ! Cela suffira à calmer toutes vos pensées et vos concepts erronés jusqu'à ce que les misères de ce bas-monde, tout naturellement, n'existent plus. Vimalakīrti dit : « Installons seulement une couche, et nous y allongeons en simulant la maladie », sans état d'esprit particulier. Ainsi, quand vous vous couchez comme un malade, les différentes circonstances s'apaisent, vos concepts erronés s'arrêtent et s'éteignent, et c'est alors l'Eveil. En gardant votre esprit dans son état actuel, c'est-à-dire, dépourvu du moindre recueillement, vous

8. Cf. A 15 n. 12.

pourriez étudier les trois véhicules et les quatre fruits, et même passer par chacune des dix terres et chacun des stades de la carrière du Bodhisattva, que vous ne feriez finalement rien d'autre que de vous installer au cœur même de la distinction entre l'ordinaire et l'extraordinaire [10]. Toute activité est sujette à l'impermanence et toute force s'épuise. La flèche tirée en l'air se retourne en fin de course et retombe. Voilà qui revient encore et toujours à tourner en rond de mort en renaissance ! Pratiquer de la sorte, c'est ne pas comprendre l'intention du Bouddha, c'est se donner beaucoup de peine en vain, c'est commettre une grave erreur, comme l'écrit maître Pao-tche :

> « Qui n'a rencontré un maître éclairé et dégagé du monde
> Absorbera en vain les potions spirituelles du grand
> véhicule [11]. »

Vous n'avez désormais qu'une seule chose à faire : A tout instant, que vous soyez en train de vous déplacer ou que vous vous teniez debout, assis ou couché, étudiez le non-esprit sans jamais discriminer, sans vous appuyer sur rien, sans vous fixer nulle part, en restant tout le jour comme un idiot qui se laisse porter par le courant des choses. Personne au monde ne saura qui vous êtes, mais quel besoin aurez-vous qu'on vous connaisse ou vous ignore ? Vous aurez l'esprit comme une pierre bien dure, sans la moindre fissure, et pourtant tout le traversera sans jamais s'y incruster, car vous serez trop bête pour que rien s'y accroche. C'est seulement de la sorte que vous pourrez goûter quelque peu à la silencieuse coïncidence. On appelle « Bouddha ultramondain » [12] celui qui peut transcender les objets du triple monde, et « sagesse sans écoulement » [13] son

9. Cf. B 5 n. 7.
10. Même idée en A 15.
11. Cf. A 15 n. 16.
12. Même idée en A 5.
13. Cf. A 15 n. 3.

esprit, d'où rien ne s'écoule. Lorsqu'on n'élabore ni karma
divino-humain ni karma infernal et qu'on ne produit pas
d'état d'esprit particulier, aucune circonstance causale ne
se manifeste, et dans ce corps-ci et avec cet esprit, on est un
homme libre. Il n'est pas systématiquement impossible à
l'homme d'être libre, mais sa liberté dépend uniquement de
sa volonté. C'est ce que les soûtras[14] entendent par ces
mots :

> « Le Bodhisattva prend volontairement un corps. »

Quand vous sortez de votre compréhension vivante du
non-esprit, vous vous retrouvez en train d'agir en vous
attachant à des caractères particuliers, et cela relève des
activités diaboliques. Il n'est d'ailleurs pas jusqu'aux terres
pures et autres « choses bouddhiques » qui, tournant en
karma, ne soient des obstacles appelés « Bouddha ». Vous
avez l'esprit bloqué par ce genre d'obstacles et, enchaîné
par la causalité, vous n'avez pas la liberté d'aller ou de
rester où bon vous semble. C'est pour cela que des réalités
comme l'Eveil n'ont jamais appartenu au domaine de
l'existence. L'enseignement du Tathāgata n'a d'autre fin
que la conversion des êtres, comme lorsqu'on donne à un
petit des feuilles jaunes en lui faisant croire qu'il s'agit d'or
pour qu'il s'arrête un moment de pleurer... Ainsi, il n'existe
vraiment aucune réalité répondant au nom d'Eveil suprême. Quand vous m'aurez compris, vous n'aurez plus
besoin d'entrer dans des détails insignifiants. Brûlez votre
vieux karma au fil des circonstances sans vous fabriquer de
nouveaux malheurs et en gardant l'esprit parfaitement
clair ! Renoncez donc à toutes vos anciennes théories.
« Chassez tout », dit encore Vimalakīrti. « On m'a comman-
dé pendant vingt ans, lit-on dans le *Lotus*, de me débarras-

---

14. Comme le *Laṅka*, ch. 3, le *Śrīmālādevī*...

ser de mes excréments » [16], ce qui veut dire « des théories si chères à mon esprit ». Il est encore dit : « Evacuez les excréments des jeux de mots [16] ! » Bref, au fond et par lui-même, l'embryon du Tathāgata est vide et paisible [17] et rien n'y stagne. « Les royaumes et les terres des Bouddhas, dit un soûtra [18], sont tous vides, eux aussi. » Si vous croyez atteindre la Voie du Bouddha au moyen de pratiques, vos convictions théoriques sont sans rapport avec cette Voie. Il peut arriver qu'un mobile, une occasion suffise, des sourcils qui se lèvent, des yeux qui roulent, quelque chose qui résonne chez le chercheur. Je dis alors qu'il a compris la chose en la vivant, qu'il en est le témoin en s'éveillant à la vérité du Tch'an. Mais quand je tombe sur quelqu'un qui persiste à ne pas comprendre, je suis forcé de lui dire qu'il ne sait vraiment rien... Quelle joie de tomber sur la vérité par un biais adéquat ! Quel désespoir de se sentir forcé plus qu'on l'aurait voulu ! Mais, dites-moi, peut-on vraiment étudier le Tch'an dans un tel état d'esprit ? Vous pouvez certes avoir votre petite idée de la vérité, ce ne sera toujours qu'un autre événement mental [19] et non la Voie du Tch'an. Aussi, Bodhidharma ne cherchait pas à susciter des opinions chez les gens quand il resta assis face à un mur [20] :

15. Cf. B 15 n. 7.
16. Lotus, ch. « foi et compréhension ». Cf. C 28 n. 10.
17. Cf. A 10 n. 6.
18. « Mañjuśrī : — Maître de maison, pourquoi ta maison est-elle vide ? VMK : — Mañjuśrī, tous les champs de Bouddha, eux aussi, sont vides... » Ch. 4, § 8, Lamotte, p. 225 et note : « ... Après avoir détruit, par la vue de la vacuité, la croyance à la permanence (éternalisme) et la croyance à l'anéantissement (nihilisme), VMK rejette la vacuité elle-même parmi les soixante-deux espèces de vues fausses... »
19. La phénonoménologie bouddhiste (abhidharma) reconnaît 50, 51 ou 52 « événements mentaux » (sin-souo, caitta), qui sont autant d'états prédicables de ce qui par essence ne tolère aucun prédicat — et aucune prédication.
20. Au sens propre, comme dans un certain zazen, ou au sens figuré. Cette technique du « face au mur » n'est en fait qu'une méthode de concentration, de « pacification de l'esprit » à laquelle Bodhidharma se livra de façon exemplaire au monastère Chao-lin sur le mont Song. Cf. Lampe, ch. 3, p. 319b 4-9.

« L'oubli des mobiles est la Voie du Bouddha ;
La discrimination est une tentation du diable[21]. »

Quand vous êtes dans l'erreur, vous ne perdez pas votre essence, et au moment de l'Eveil, vous ne la gagnez guère plus. Il n'y a jamais eu d'erreur ni d'Eveil dans notre nature innée. Les univers qui comblent les espaces dans toutes les directions sont originellement la substance de mon esprit un[22]. Agitez-vous, faites n'importe quoi, jamais vous ne quitterez le ciel qui nous contient ! Le ciel n'est ni grand ni petit, rien ne s'en écoule, il est incomposé et, ignorant l'erreur, l'Eveil ne le concerne point. Voyez-le en toute clarté : il n'y a rien, ni personne, ni Bouddha, absolument rien qui ait la moindre mesure. Ce filet d'eau pure qui ne repose nulle part et jamais ne se grumelle n'est autre que la conviction de ce qu'en votre essence rien ne naît[23]. Quel autre plan proposez-vous ? Le Bouddha véritable n'a pas de bouche et de ce fait il n'explique ni ne prêche aucune méthode spirituelle. La véritable audition n'a pas d'oreilles. Alors, qui entend ?

Salut !

---

21. Cf. B 3 n. 3.
22. Cf. B 5 : « L'espace vide qui s'étend dans toutes les directions partage la substance de l'esprit un. »
23. Anutpattikadharmakṣānti, wou-cheng-fa-jen : Littéralement, « patience quant au fait que tout est sans naissance ». Lamotte, p. 123 n., traduit par « certitude que les dharma ne naissent pas ». La « patience » est ici la connaissance elle-même (prajñā), seule capable de supporter sans sombrer dans la folie la vérité spirituelle de la non-naissance absolue de toutes choses. « Conviction » est plus proche de « patience » que de « certitude ». Voyez Lamotte, p. 411 sq. Cette conviction se rattache à la troisième catégorie de « patience transcendante ». Le Bodhisattva la « gagne effectivement » à la huitième terre (Acalā), appelée également « d'où l'on ne régresse plus » : sa foi est désormais la conviction du sans-naissance universel. Sur le sans-naissance, voir également Lamotte, p. 399 sq. Cf. C 15 n. 1.

LE RECUEIL DE WAN-LING (II)

« Varia »

1 a

Le maître était originaire du Min-tchong[1]. Jeune encore, il entra en religion au mont Houang-po dans sa préfecture natale[2]. Il avait au milieu du front une protubérance pareille à une perle[3]. Sa voix était chaleureuse et son timbre clair, et son humeur à la fois vive et sereine.

1 b

Lors de son noviciat, il visita les Terrasses du Ciel[1], et là il rencontra un moine qu'il lui semblait connaître depuis

---

1. Le Min-tchong, commanderie créée sous les Ts'in (221-207 av. J.C.), occupait la région actuelle du Fou-kien. D'après Yanagida et Iriya, le lieu de naissance de Houang-po correspondrait plus précisément à la ville de Min-heou.
2. Houang-po désigne le *Phellodendron amurense*, arbuste montagnard à baies médicinales. Cet arbuste donne son nom à une montagne située à l'ouest de la sous-préfecture de Fou-ts'ing au Fou-kien. L'histoire veut que maître Si-yun aimât tellement le temple de son entrée dans les ordres et sis sur le mont Houang-po qu'il en adopta le nom pour lui-même et pour le monastère qu'il fonda au Kiang-si près de Kao-an.
3. Cette protubérance frontale n'est pas sans analogie avec la marque de l'*ūrṇā* qui orne le front des grands êtres. Cf. Asanga, p. 61.
1. Les Terrasses du Ciel (T'ien-t'ai) sont de célèbres montagnes mystiques du Tchö-kiang où il était courant, qu'on soit bouddhiste ou taoïste, de faire des promenades initiatiques ou de se retirer en ermite. Haut-lieu du Tch'an et du T'ien-t'ai, c'était la terre de prédilection du poète Han-chan. Cf. *Le mangeur de*

toujours. Cheminant de concert, ils arrivèrent au bord d'un
torrent bouillonnant. Comme le maître restait immobile,
appuyé sur sa canne, le moine l'invita à traverser avec lui.
« Que mon frère passe le premier », lui répondit Houang-po.
Le moine fit de son chapeau de paille un radeau qu'il posa
sur les flots et traversa. « Si j'avais su plus tôt, fit alors le
maître, que je m'étais acoquiné avec un tel minable, je
l'aurais estourbi d'un coup de mon bâton[2]... »

2

Un moine prit congé de Kouei-tsong[1].
« Où allez-vous ? fit Tsong.
— Je vais partout étudier le Tch'an aux cinq saveurs[2].

brumes, Phébus, Paris, 1985 et *La vie et l'œuvre de Huisi* (Houei-sse) de Paul
Magnin.
 2. La *Lampe*, chap. 9, raconte cette histoire dans un style plus fleuri : Le moine
que rencontra Houang-po avait des yeux « qui jetaient des éclairs à vous
transpercer... » Il traversa et le maître s'exclama : « La peste soit de ce gars qui a
tout compris ! Si je l'avais démasqué plus tôt, je lui aurais coupé la tête ! » (p. 266).
Il est usuel de comprendre cette anecdote comme une critique des effets
secondaires « prodigieux » de la concentration méditative *(dhyāna)*, que le Tch'an
considère comme des obstacles, des « ambiances diaboliques » (en japonais
makyo). Le moine conclut, toujours selon la *Lampe* : « Vous êtes vraiment
prédestiné au grand véhicule. Moi, je n'y parviendrai jamais... »
 1. Le maître de Tch'an Tche-tch'ang du monastère Kouei-tsong au mont Lou,
dit « Kouei-tsong aux yeux rouges » (car il frottait sans cesse de toutes sortes
d'onguents ses yeux à doubles pupilles...), était, lui aussi, un adepte de l'expression
sans limites, comme tous les descendants de Ma Tsou et Houai-jang. C'est lui qui
eut l'incroyable audace, entre autres, de couper en deux avec sa houe un serpent
qui passait par là. « C'est déjà de l'histoire ancienne, fit un certain doyen qui le
consultait, lorsqu'on raconte que Kouei-tsong a toujours été un grossier
personnage... » — « Que le doyen, conclut Tsong, retourne dans la salle du thé boire
son thé ! » *Lampe*, chap. 8, p. 255c-256b.
 2. *Wou-wei-tch'an*. Cette expression désigne les cinq façons d'aborder le Tch'an
en tant que contemplation. On appelle « Tch'an des infidèles » le simple exercice
de la concentration mentale ; « Tch'an des gens ordinaires », la contemplation
motivée par la causalité morale et pratiquée à seule fin de s'élever dans l'échelle

— Du Tch'an aux cinq saveurs, on en trouve partout, mais ici, moi, je ne m'intéresse qu'au Tch'an à une seule saveur[3].

— Qu'est-ce donc que ce Tch'an à une seule saveur ? » Tsong battit le moine qui cria : « J'ai compris, bien compris ! »

« Dites, dites ! » fit Tsong. Le moine allait ouvrir la bouche quand Tsong le battit derechef[4]...

Un peu plus tard, ce moine arriva chez Houang-po qui lui demanda :

« D'où venez-vous ?

— De chez Kouei-tsong.

— Et que vous a-t-il dit ? »

Le moine raconta ce qui lui était arrivé. Quand le maître monta en salle, il mentionna cette histoire et dit : « Le grand maître Ma forma quatre-vingt-quatre amis spirituels[5] qui

des renaissances ; « Tch'an du petit véhicule », la contemplation de la vacuité du moi individuel, dite « vérité partielle » ; « Tch'an du grand véhicule », la contemplation de la vacuité du moi individuel et de toutes choses, autrement dit, de la « vérité complète » ; quant au « Tch'an du véhicule suprême », il consiste, d'après Tsong-mi, à « s'éveiller d'un seul coup à la pureté primordiale de son propre esprit, à l'absence originelle de passions dans l'esprit, à sa nature de sagesse sans écoulement, à sa complétude naturelle, à son identité avec le Bouddha (...) Une telle contemplation porte encore le nom de « Pur Tch'an du Tathâgata », « absorption unifiante » (cf. Tao-sin), « absorption dans la talité » (cf. le premier des trois recueillements propres à la phase de création d'une sâdhanâ tantrique : *tathatâ-samâdhi*, en tibétain : *de-bzhin-nyid-kyi ting-nge-'dzin*)... » *Préface*, I, 1, in Ting, p. 265cd.

3. Les cinq types de contemplations nées de la concentration méditative relèvent du « Tch'an selon le Tathâgata », c'est-à-dire, les différentes concentrations *(dhyâna)* telles que les décrivent les *Âgama* et les *Abhidharma*. Kouei-tsong, descendant spirituel de Bodhidharma, s'occupe, quant à lui, du « Tch'an selon le maître-Patriarche », c'est-à-dire, de l'esprit non-esprit du *Soûtra de Lanka*.

4. Définition du « Tch'an à une seule saveur » : un coup de bâton. Explication si claire que le moine « comprend ». A peine quitte-t-il son illumination pour « dire » qu'un autre coup le ramène « là » : « Tch'an à la mode de Hong-tcheou »...

5. *Chan-tche-che, kalyânamitra* : ces « amis » sont en fait des maîtres spirituels. Les ch. 6 et 7 de la Lampe recensent quatre-vingt-deux disciples de Ma Tsou (p. 245b et 251b), mais le nombre 84 signifie seulement « beaucoup », comme nous dirions 36. Sur Tao-yi dit Ma Tsou (709-788), voyez l'ouvrage de Catherine Despeux.

chacun lui posèrent des questions comme autant de déjections s'infiltrant doucement dans la terre. Seul Kouei-tsong était un peu plus clair... »

3

Le maître se trouvait à Yen-kouan[1] pour une cérémonie, de même que l'empereur Ta-tchong[2], qui pour lors était novice. Le maître monta au temple et se prosterna devant les Bouddhas. Le novice fit : « Détaché de la quête du Bouddha, détaché de la quête de sa méthode spirituelle et détaché de la communauté, vous voici, Vénérable, en train de vous prosterner : que cherchez-vous donc ? » Le maître répondit : « Détaché de la quête du Bouddha, détaché de la quête de sa méthode spirituelle et détaché de la communauté, je me prosterne quand même, comme vous pouvez le voir. » Le novice reprit : « A quoi les actes rituels peuvent-ils bien servir ? » Le maître le gifla. « Voilà qui est trop grossier ! » fit le novice. « Où vous croyez-vous pour parler de grossièreté ? » répliqua le maître en le giflant une autre fois, et le novice s'en fut.

1. Anciennement « Bureau de la Gabelle », correspond à la ville actuelle de Hai-ning près de Hang-tcheou au Tchö-kiang.
2. Ta-tchong est le nom de l'ère (847-859) où régna l'empereur Siuan-tsong des T'ang. Voici une variante intéressante, pour le détail, de cet épisode : « Lors de la proscription (du bouddhisme) de l'ère Houei-tch'ang (841-846), le maître se trouvait au Bureau de la Gabelle près de Hang-tcheou pour diriger une cérémonie. C'est là que le (futur) empereur Siuan-tsong, qui n'était alors que le Prince Kouang devenu novice (śramaṇa) par pure conviction et poursuivi par l'empereur Wou-tsong qui voulait sa mort, rencontra le maître. Or, celui-ci était en train de se prosterner devant les Bouddhas, quand le Prince lui demanda : « A quoi bon les actes rituels lorsqu'on est détaché de la quête de l'Eveil ? » Le maître lui répondit par une gifle. Le Prince reprit : « Est-ce toujours ainsi qu'on se tient quand on n'est pas attaché à la quête de l'Eveil ? » Le maître le gifla de nouveau. « Voilà qui est par trop grossier ! » fit le Prince. Alors, le maître le gifla une troisième fois en lui disant : « Et celle-là, vous la trouvez grossière ou raffinée ? » *Fo-tsou t'ong-tsi*, ch. 42, T. 2 035, vol. 49, p. 387b.

4 a

Lors de ses pérégrinations, le maître se rendit auprès de Nan-ts'iuan[1]. Comme on jeûnait ce jour-là, il prit son bol d'aumônes à deux mains et alla s'asseoir à la place de Nan-ts'iuan. Lorsque celui-ci s'en rendit compte, il demanda à Houang-po depuis combien d'années il suivait la Voie. « Depuis bien longtemps avant Bhīṣmarāja[2]! » — « On dirait que voilà un petit-fils du vieux maître Wang! » fit Ts'iuan[3]. Houang-po lui rendit alors sa place.

b

Le maître s'apprêtait à sortir quand Ts'iuan fit : « Un homme d'une telle stature, devoir porter un si petit chapeau... » — « Mais il contient des millions d'univers », répondit Houang-po. « Le vieux maître Wang aussi ? » s'enquit Ts'iuan. Houang-po mit son chapeau et s'en alla.

1. P'ou-yuan de Nan-ts'iuan (748-834) était un disciple de Ma Tsou. Type-même du « grossier personnage », il osa répondre à son maître qui lui demandait ce qu'il y avait dans un seau plein de bouillie de riz : « Ce vieux grigou ferait mieux de fermer sa gueule... » Ce qui n'empêcha pas Ma Tsou de dire de lui que « seul P'ou-yuan est au-delà des choses extérieures ». Cf. Despeux, p. 52.
2. *Wei-yin-wang(-fo)*, *Bhīṣmagarjitaghoṣasvararāja* est le nom de plusieurs millions de Bouddhas qui vinrent au monde lors du kalpa « Sans Faiblesse »... Les adeptes du Tch'an disent « avant Bhīṣmarāja » pour signifier « depuis des temps sans commencement ». Voyez « L'histoire du Bodhisattva Sadāparibhūta (Sadāprarudita) » dans le *Lotus*.
3. Nan-ts'iuan était de la famille Wang et s'appelait lui-même « vieux maître Wang » (*Wang lao-che*).

5

Un jour que le maître était assis dans la salle du thé, Ts'iuan y descendit et lui demanda : « Qu'en est-il du principe suivant lequel l'étude combinée du recueillement méditatif et de la connaissance transcendante amène à la vision claire de la bouddhéité ? » Le maître répondit : « Il consiste à ne s'appuyer sur rien vingt-quatre heures sur vingt-quatre. » « Ne serait-ce pas là une opinion personnelle, Vénérable ? » remarqua Ts'iuan. « Je n'oserais, » fit le maître. Ts'iuan reprit : « Je veux bien payer comptant pour de la bouillie, mais qui voudrait donner de l'argent pour des sandalettes qu'on peut confectionner chez soi ? » Le maître alors garda le silence.

Plus tard, Kouei-chan[1] mentionna cette histoire et demanda à Yang-chan[2] : « On dirait bien que Houang-po n'a pas réussi à avoir le dernier mot avec Nan-ts'iuan, n'est-ce pas ? » « Non, fit Yang-chan, Houang-po avait de quoi berner un tigre ! » « Tes opinions se tiennent, mon fils, » conclut Kouei-chan.

6

Un jour de réquisition générale[1], Ts'iuan lui demanda où il allait.

---

1. Ling-yeou de Kouei-chan (771-853) était un condisciple de Houang-po auprès de Houai-hai de Pai-tchang (720-814). Cf. Demiéville, p. 175.

2. « Houei-tsi de Yang-chan (807-853 ou, d'après d'autres sources, 814-890), disciple et successeur de Kouei-chan. C'est lui qu'on appelait "le petit Śākya". » *Id.*, p. 176.

1. *P'ou-ts'ing* : « Demande générale faite à tous les moines d'une communauté de coopérer à un travail pratique d'intérêt commun, corvées agricoles ou autres... » Demiéville, p. 216.

« Couper des légumes, fit le maître.

— Comment les couperez-vous ? »

Le maître brandit sa matchette. « Vous comprenez l'art du visiteur, fit Ts'iuan, mais pas celui de l'hôte [2]. » Le maître s'inclina à trois reprises.

7

Un jour, cinq nouveaux venus rendirent ensemble visite au maître. L'un d'eux resta debout sans se prosterner et d'un geste de la main traça un cercle en l'air. « Est-ce que vous êtes aussi un bon chien de chasse ? lui demanda le maître.

— Je suivrais le chamois à l'odeur.

— S'il n'avait pas d'odeur, comment le suivriez-vous ?

— Je suivrais les empreintes de ses sabots.

— S'il ne laissait pas d'empreintes de sabots ?

— Je suivrais sa piste.

— Et s'il n'avait pas de piste ?

— Ce serait un chamois mort. »

Le maître en resta là, mais le lendemain, il grimpa sur le trône d'enseignement et demanda au moine qui courait les chamois de s'avancer. Le moine s'avança et le maître lui demanda : « Comment se fait-il qu'hier vous n'avez plus rien dit ? » Comme le moine restait coi, le maître conclut : « Vous n'avez rien d'un moine authentique, vous n'êtes rien qu'un novice qui pue l'école. »

---

2. L'hôte *(tchou)* et le visiteur *(pin)* peuvent être le sujet et l'objet, le maître et le disciple, etc. Cf. particulièrement *Lin-tsi*, § 23-25, sur l'ami de bien et l'apprenti, *in* Demiéville, p. 126-129.

8

Ayant dispersé sa communauté, le maître habitait au
monastère K'ai-yuan de Hong-tcheou. Un jour, le ministre
d'Etat P'ei, qui admirait les fresques de la grand-salle du
monastère, demanda à l'abbé ce qu'elles représentaient.
« Ce sont des portraits de moines éminents. » Le ministre
reprit : « Leur forme est là, mais les moines eux-mêmes, où
sont-ils ? » L'abbé resta sans réponse. « Y a-t-il un moine
contemplatif ici ? » demanda le ministre. « Il y en a un »,
répondit l'abbé. Le ministre sollicita une entrevue avec le
maître. Il lui raconta son histoire et lui reposa sa question.
Le maître l'appela : « P'ei Sieou ! » « Oui », fit le ministre.
« Où êtes-vous ? » A ces mots, le ministre se rendit compte
de quelque chose et il invita le maître à reprendre ses
enseignements[1].

1. P'ei Sieou, l'auteur-transcripteur du *Tch'ouan-sin fa-yao* et du *Wan-ling-lou*,
était, malgré ses titres, un grand pratiquant du bouddhisme. La *Lampe* (ch. 12,
p. 293) raconte que c'est son ami Tsong-mi, dont il préfaça maints ouvrages, qui
lui fit connaître le « Tch'an à la mode de Hong-tcheou ». Dans la préface de
L'essentiel..., P'ei Sieou écrit : « La deuxième année de l'ère Houei-tch'ang (842), je
fus nommé à Tchong-ling, où j'invitai le maître. » Et la présente anecdote précise
que Houang-po avait « dispersé sa communauté ». En effet, en 842 commençait la
grande proscription du bouddhisme que l'empereur Wou-tsong avait instaurée à
des fins principalement économiques. Tchong-ling est un autre nom de Hong-
tcheou, ville où Ma Tsou et Pai-tchang étaient morts, précisément au monastère
K'ai-yuan. On peut donc supposer qu'en 842, P'ei Sieou rencontra Houang-po pour
la première fois et l'invita à lui donner des enseignements privés qu'il transcrivit
plus tard sous le nom de *L'essentiel de la méthode de transmission de l'esprit*.
« ... Houang-po perdit ses traces dans la foule (: retourna à la vie laïque). A
Yu-tchang (:Hong-tcheou), il rencontra le commissaire impérial P'ei Sieou.
Comme ils avaient un lien spirituel étroit, Houang-po quitta de nouveau le siècle
pour lui enseigner sa méthode... » *Fo-tsou li-tai t'ong-tsai*, ch. 16, n° 26, T. 2 036,
vol. 49, p. 638c-639a.

9

Il monta en salle et dit :

« Vous êtes tous des bâfreurs de lie ! Vous vous moquez du
monde avec vos pérégrinations[1]. Tout vous paraît facile et
pourtant, où retrouverez-vous ce jour d'aujourd'hui ? Vous
savez bien qu'en Chine il n'y a pas de maîtres de Tch'an... »
    Un moine l'interrompit : « Comment pouvez-vous dire
qu'il n'y a pas de maîtres de Tch'an, alors qu'on voit partout
des renonçants qui ont des foules de disciples ? »
    « Je ne dis pas, reprit le maître, qu'il n'y a pas de Tch'an,
mais seulement qu'il n'y a pas de maîtres. »
    Plus tard, Kouei-chan mentionna cette histoire et deman-
da à Yang-chan ce qu'il en pensait. Celui-ci répondit :
    « Le roi des cygnes choisit le lait,
    Les canards en sont bien incapables[2]. »

10 a

Un jour, le ministre P'ei, tenant un Bouddha posé sur ses
mains ouvertes, s'accroupit aux pieds du maître et le pria de

---

1. *Sing-kiao* : Ces pérégrinations emmènent le chercheur de maître en maître
jusqu'au jour de la consultation fatale. Encore une fois, Houang-po rappelle la
quête à l'intérieur de soi-même du *Lanka*.
2. Le roi des cygnes (*o-wang, haṁsarâja*) est seul capable dans un mélange d'eau
et de lait de boire le lait en laissant l'eau : « L'ignorance est une passion
intimement mêlée à notre substance, comme à l'eau le lait. Seuls les Bodhisattvas,
qui sont comme le roi des cygnes une fois qu'ils maîtrisent les dix demeures,
peuvent aspirer le lait de l'ignorance en rendant sa pureté à l'eau de la nature des
choses. » *Sens secret*, ch. 5, 1, du grand maître T'ien-t'ai Tche-yi, cité par Ting,
p. 1 414c.

lui donner un nom. Le maître appela le ministre : « P'ei Sieou ! » Celui-ci répondit : « Oui ! » Voilà, fit le maître, je t'ai donné le nom qu'il te fallait. » Alors, le ministre se prosterna.

b

Un jour, le ministre offrit un poème au maître. Le maître le prit et le posa sur son siège. Il demanda à P'ei Sieou s'il avait compris. Comme P'ei Sieou répondait que non, le maître fit : « Ne pas comprendre comme vous le faites, c'est déjà y voir un peu plus clair ! Ces formes que l'encre dépose sur le papier, qu'ont-elles à voir avec notre école ? »

Mais voici le poème de P'ei Sieou :

« Depuis que d'un grand être vous avez reçu le sceau de l'esprit [1],

Votre front s'orne d'une perle parfaite [2] — vous qui faites sept pieds de haut [3].

Au bord de la Chou le bourdon accroché dix années [4],

Vous venez de traverser la Tchang sur votre bol flottant [5].

1. Houang-po est l'héritier spirituel de Pai-tchang.
2. Une sorte de *tilaka* qui rappelle l'*ūrṇā* des grands êtres : l'esprit un.
3. Insistance sur la présence physique propre au Tch'an de Hong-tcheou, par contraste avec la teinte intellectuelle du Tch'an de Ho-tsö représenté par Chen-houei.
4. Le bourdon accroché symbolise le moine qui a fini ses pérégrinations. Donc, Houang-po, « dix années » avant cette rencontre avec P'ei Sieou s'installa « au bord de la Chou ». Cette rivière qui coulait sous les Han dans la sous-préfecture de Tsien-tch'eng, commanderie de Yu-tchang, dans le Kiang-si actuel, désigne métaphoriquement le monastère fondé par Houang-po à Kao-an.
5. Le bol flottant exprime le charisme du maître. Le voici « sur l'autre rive de la Tchang », c'est-à-dire à Hong-tcheou, toujours au Kiang-si. De Kao-an à Hong-tcheou, il n'y avait qu'à traverser une rivière.

« Mille apprentis — éléphants et dragons[6] — marchent
sur vos hauts pas,
Et le sol se couvre de fleurs suaves[7], causes excellentes
Pour ceux qui souhaitent vous servir comme de vrais
     disciples
Mais ignorent à qui vous confierez votre méthode[8]. »
     Houang-po répondit :
« L'esprit infini comme un grand océan,
Je crache des lotus rouges pour soigner les corps.
Certes, j'ai là deux mains qui ne font rien,
Mais elles n'ont jamais salué un indifférent[9]. »

11

Les adeptes devraient d'abord rejeter toute occasion
susceptible de troubler leur étude, puis ne rien chercher du
tout et enfin ne s'attacher à quoi que ce soit. Ainsi, quant ils
écoutent un enseignement d'une extrême profondeur, il leur
semble qu'ils entendent la brise pure. En un clin d'œil, tout
s'est évanoui, et ils n'ont plus rien à poursuivre. La
profondeur extrême consiste à entrer dans le Tch'an du
Tathāgata au-delà de toutes les idées qu'on peut avoir sur le

6. Dont l'entraînement est vigoureux, qualificatif consacré des bons disciples.
7. La renommée du maître et de sa méthode se répand.
8. P'ei Sieou semble aspirer au titre d'héritier spirituel de Houang-po.
9. Les « lotus rouges » montrent la langue en mouvement. Houang-po, donc,
explique que l'esprit est illimité, mais que sa fonction l'est aussi, qui est pour
l'heure de montrer aux gens comment moins souffrir. L'inaction des mains évoque
l'incomposé qui, à la sollicitation spirituelle d'un non-indifférent, peut revêtir
n'importe quel aspect, un salut, par exemple, qui est comme une récognition.

Tch'an[1]. On n'a pas trouvé, depuis que le maître-Patriarche[2] nous a transmis l'esprit un, d'autre méthode pour montrer que l'esprit est le Bouddha. Quand, dans un soudain dépassement des apparences appelées « éveil d'égalité » et « éveil merveilleux », on ne retombe plus dans la pensée suivante, il semble qu'enfin l'on soit entré dans notre école[3]. Mais, bande d'étourdis, comment espérez-vous étudier pareille méthode ? Je vous dis que lorsque vous réfléchissez, vous êtes prisonniers du démon de la réflexion. Lorsque vous ne réfléchissez pas, vous êtes cette fois prisonniers du démon de l'absence de réflexion. Quand vous ne vous livrez pas non plus à l'absence de réflexion, c'est du démon de l'absence d'absence de réflexion que vous êtes les prisonniers. Tous ces démons ne viennent pas d'ailleurs que de votre esprit. Finalement, il n'y a que le Bodhisattva Sans Pouvoirs Magiques dont on ne puisse suivre la trace des pas[4]. Si vous considérez qu'à tout instant l'esprit est éternel, vous êtes un infidèle éternaliste, mais si vous voyez le vide de toutes choses et en faites votre vue, vous n'êtes qu'un infidèle nihiliste. Par conséquent, lorsqu'on dit que « le triple monde n'est qu'esprit »[5] ou que « tout n'est que

1. « On appelle "Tch'an du Tathāgata" l'accès à la terre du Tathāgata, l'auto-éveil à la sagesse extraordinaire, la stabilisation des trois types de félicité (divine, méditative et nirvāṇique) et le déploiement d'inconcevables activités conformément à chaque être vivant. » Il s'agit là de la parfaite bouddhéité et non d'un effort de concentration. Cf. Suzuki, *Studies in the Lankavatara Sutra*, Southern Materials Center Inc., Taipei, réimpression de 1977, p. 367.

2. Bodhidharma.

3. Ces deux « éveils » sont les cinquante-et-unième et cinquante-deuxième degrés de la carrière du Bodhisattva, mais Houang-po y voit encore des « apparences », un ensemble d'attributs extérieurs à l'essence. *Cf. A 8 n. 2.* « Entre dans notre école », ou « retourne à la source »...

4. Les pouvoirs magiques *(siddhi)* sont les effets secondaires de la concentration et des réalisations spirituelles. Il est classique de les considérer comme des obstacles sur la Voie de l'Absolu.

5. « Le triple monde n'est autre que l'esprit un/ Car il n'est pas de réalité différente de l'esprit./ L'esprit, le Bouddha et les êtres vivants/ Sont trois choses indistinctes. » Ce quatrain appartient à la tradition de l'Ornementation Fleurie et

conscience »[6], on ne fait que s'adresser à des infidèles aux vues fausses, et quand on enseigne que le corps absolu est le fruit suprême, on le fait par rapport aux trois sages et aux dix saints.

Ainsi, le Bouddha infirme deux sortes de bêtise : l'une est la bêtise où il subsiste une connaissance subtile et l'autre, la bêtise où il subsiste une connaissance très subtile[7]. Quel besoin aurait alors le Bouddha de prêcher l'éveil d'égalité et l'éveil merveilleux ? On dit que le Bouddha est Éveillé et que les êtres vivants sont dans l'erreur, parce que c'est à la luminosité et non aux ténèbres que tout le monde aspire, parce que c'est à la réalisation qui met un terme à l'ignorance et aux passions que tout le monde aspire. Mais croire qu'il en est ainsi définitivement, c'est s'empêcher d'en finir avec les six destinées où l'on tourne depuis des milliers de vies et des centaines de kalpas. Pourquoi ? Parce que cela revient à conspuer la nature originelle de tous les Bouddhas. On vous a dit clairement que le Bouddha n'est pas lumineux ni les êtres obscurs, car la Réalité n'est ni lumineuse ni obscure. Le Bouddha n'est pas fort ni les êtres faibles, car la Réalité ignore force et faiblesse. Le Bouddha n'est pas sage ni les êtres ignorants, car il n'y a ni sagesse ni bêtise dans la Réalité. Mais vous, qui voulez théoriser sur le Tch'an comme s'il y allait de vos vies, à peine ouvrez-vous la bouche que c'est un jaillissement de contresens. Vous ne parlez pas de la racine, mais des branches ; pas de l'erreur,

s'inspire, entre autres passages, du ch. « des dix terres » dudit soûtra : « Tout ce qui existe dans le triple monde n'est autre que l'esprit un. » Cité par Ting, p. 159a.

6. Thèse de l'école Fa-siang inspirée du *Saṃdhinirmocanasūtra*, du *Yogacarabhūmisāstra* et de la *Vijñaptimātratāsiddhi*, textes traduits en français par Lamotte et La Vallée-Poussin. L'esprit est ici limité aux différentes modalités de la conscience.

7. Ces « bêtises » sont des connaissances partielles. Les « connaissances subtiles et extrêmement subtiles » correspondent apparemment, mais du point de vue de l'esprit un, aux 51e et 52e degrés, qui sont des « bêtises » tant qu'ils sont envisagés comme des objets de connaissance. La liberté de l'esprit, selon Houang-po, ne se restreint donc pas à une cognition, fût-elle « omnisciente ».

mais de l'éveil ; pas de la substance, mais de sa fonction ;
bref, de rien de ce dont vous pouvez effectivement parler.
Or, rien de tout cela n'a jamais existé, et pourtant, à l'heure
qu'il est, rien de cela n'est inexistant. Ce qui jaillit selon les
circonstances n'a pas d'existence et ce qui disparaît selon
les circonstances n'est pas inexistant. Il n'y a pas non plus
de principe originel, car un principe ne saurait être le
principe. L'esprit non plus n'est pas l'esprit, car l'esprit
n'est pas un esprit. Ses attributs ne sont pas non plus des
caractères particuliers, car aucun attribut ne saurait le
caractériser. On dit de ce fait que :

> « Dès qu'il n'y a plus ni méthode ni esprit fondamental,
> On comprend la méthode de l'esprit à l'esprit[8]. »

Or, cette méthode n'est pas une méthode, car la méthode
est non-méthode au-delà des méthodes et de leur négation.
Dans la méthode de l'esprit à l'esprit, on reconnaît en toute
clarté comme un fantasmagorie, une transformation magique, toute pensée qui jaillit brusquement, et cela revient à
glisser dans le Bouddha passé. Mais le Bouddha passé n'a
pas d'existence, tandis qu'un futur Bouddha ne peut être
inexistant, et rien ne sert de le taxer de « Bouddha à venir ».
On n'appelle pas non plus « Bouddha présent » le fait de ne
se fixer sur aucune des pensées qui se succèdent au présent.
Quand surgit le Bouddha, on ne dit pas qu'il est éveil ou
méprise, bon ou mauvais, et il est impossible de le retenir
ou de le détruire. Qu'une pensée s'élève le temps d'un clin
d'œil, mille verrous ne suffiraient pas à la bloquer, dix mille
mètres de corde ne sauraient la maintenir immobile. Alors,
puisqu'il en est ainsi, que songez-vous encore à la détruire
ou à l'arrêter ? On vous a clairement expliqué la nature de
cette conscience : on dirait seulement un mirage. Comment
couper un mirage ? Vous dites que ce mirage est tout proche

8. *Cf. B 8 n. 3.*

et pourtant, il est impossible de trouver le moindre univers dans tous les espaces. Vous dites alors qu'il est lointain, mais vous l'avez juste sous les yeux. Poursuivez-le, il s'éloigne. Chassez-le, et il vous colle aux talons. Vous ne pouvez ni le saisir, ni le repousser. Vous finirez peu à peu par vous rendre compte de ce que tout est essentiellement de cette nature. Rien ne sert de se plaindre ou de languir !

Quand on dit que « le premier instant de pensée est ordinaire et les instants suivants, extraordinaires, comme la paume et le dos d'une main », on est déjà au sommet de la doctrine des trois véhicules [9]. Mais selon notre école Tch'an, le premier instant de pensée n'a rien d'ordinaire et les instants suivants, rien d'extraordinaire. Le premier instant n'est pas le Bouddha et les instants suivants ne sont pas les êtres ordinaires. Toutes les formes sont la forme du Bouddha, tous les sons sont la voix du Bouddha. D'une vérité trouvée découlent toutes les vérités. Voir une seule chose revient à les voir toutes. Voir un esprit revient à tous les voir. Voir une seule voie, c'est voir toutes les voies, car il n'est pas un seul endroit qui ne soit la Voie. Voir une seule poussière revient à voir les univers de tous les espaces avec leurs terres couvertes de montagnes et de fleuves. Voir une goutte d'eau revient à voir tout ce qui a nature d'eau dans les univers de tous les espaces. De plus, en voyant toutes choses, on voit tous les états de l'esprit, car l'esprit n'est pas inexistant malgré l'originelle vacuité de toutes choses.

Cet non-inexistence de l'esprit désigne l'existence merveilleuse [10], dont l'être lui-même ne relève pas de l'existence, car il n'est être qu'en tant que vrai vide, autrement dit, existence merveilleuse. De ce fait, les univers

---

9. Le « premier instant de pensée » est la cause et les « instants suivants », l'effet. La cause est accumulation de mérites et de sagesse, et l'effet, la bouddhéité en deux corps, comme Nāgārjuna l'explique.

10. On parle « d'existence merveilleuse » à propos de l'Etre non restreint à l'étant, comme du « vrai vide » pour l'opposer au néant.

de tous les espaces ne sont point extérieurs à notre propre esprit un et tous les royaumes bouddhiques faits de particules ne sont pas extérieurs à notre propre pensée une. Que va-t-on parler encore de rapport entre le dedans et le dehors ? Si le miel est doux par nature, tous les miels le seront. On ne peut pas dire qu'un miel est doux et que les autres sont amers. Auriez-vous déjà entendu pareille chose ? Il est dit pour cette raison que : « Le ciel n'a ni dedans ni dehors et la nature des choses lui ressemble. » Il n'y a pas non plus d'espace intermédiaire entre une absence de dedans et une absence de dehors, et c'est de la même manière qu'on décrit la nature des choses.

Donc, les êtres vivants sont le Bouddha, et le Bouddha, ce sont les êtres vivants. Les êtres vivants et le Bouddha constituent fondamentalement une seule et même substance. Le samsāra et le nirvāṇa, le composé et l'incomposé constituent fondamentalement une seule et même substance. Le mondain et l'extramondain, de même que les six destinées, les quatre modes de naissance, la terre couverte de montagnes et de fleuves, le naturel et l'artificiel, tout cela constitue une seule et même substance. Mais « une seule et même » est encore une désignation vide. L'existant est vide, l'inexistant est vide, les univers aussi nombreux que les grains de sable du Gange sont tous un seul et même vide. Où y aurait-il des Bouddhas qui sauvent les êtres vivants et où y aurait-il des êtres vivants sauvés par les Bouddhas ? Cela signifie que l'essence de tout est vide. Toutefois, croire à la spontanéité des choses, c'est tomber dans la thèse infidèle de la spontanéité [11], et croire qu'il n'y a pas de moi ni de

---

11. « Si les moines bouddhistes établissent la causalité sans établir le spontané, dit Chen-houei, c'est là une faute d'ignorance qui leur est propre. Si les moines taoïstes n'établissent que le spontané sans établir la causalité, c'est également une faute d'ignorance qui leur est propre (...) Le spontané des Bouddhistes, c'est la nature foncière des êtres. De plus, le soûtra dit : "Les êtres possèdent une connaissance spontanée, une connaissance sans maître." Voilà la spontanéité des bouddhistes. Quant à la causalité des taoïstes, la voici : "Le Tao est capable

produits du moi, c'est régresser aux niveaux des trois sages et des dix saints.

Vous voilà avec une règle d'un pied un pouce prêts à prendre les mesures du ciel... On vous a pourtant expliqué que les choses n'interféraient pas, du fait de leur paix naturelle, et parce qu'elles restent fixes et vraies en elles-mêmes. Le corps étant vide, on parle du vide des choses. L'esprit étant vide, on parle du vide de leur essence. Corps et esprit étant vides tous les deux, on parle du vide de la nature des choses. C'est de la même manière que tous ces enseignements, suivant chacun sa voie, ne sont en aucun cas distincts de votre esprit fondamental. Eveil, nirvāna, talité, bouddhéité, double véhicule, Bodhisattva, tous ces mots ne sont que des feuilles jaunes brandies en guise d'or [12] selon la méthode du poing ouvert ou fermé. Quand il est ouvert, les hommes et les dieux de l'assemblée n'y voient rien et disent :

> « Rien n'a jamais existé :
> Où y aurait-il de la poussière [13] ? »

Puisque « rien n'a jamais existé », les trois aspects du temps n'existent pas non plus et l'adepte, voyant enfin le sens de ce qui précède, peut « entrer de but en blanc dans le vif du sujet ».

Lorsque le grand maître Bodhidharma quitta ses cieux occidentaux pour venir chez nous, il traversa maintes contrées, mais il ne rencontra qu'un seul homme, le grand maître K'o, à qui il put transmettre secrètement le sceau de

---

d'engendrer l'un, l'un le deux, le deux le trois, et du trois naissent tous les êtres particuliers. S'il n'y avait pas de Tao, les êtres particuliers ne naîtraient pas. Mais, puisqu'il est question des êtres particuliers, (un tel discours) relève également de la causalité. » Gernet, p. 72.

12. *Cf. A 15 n. 17.*
13. *Cf. A 16 n. 4 et B 8 n. 7.*

l'esprit [14]. Il scella votre esprit fondamental et, de cet esprit scellant la méthode, par cette méthode il scella l'esprit. L'esprit est identique à la méthode, au comble du réel et autres « natures des choses » car, qui prophétise dans la nature des choses, qui devient Bouddha et qui comprend la méthode [15] ?

L'Eveil ne peut pas être trouvé physiquement, vous a-t-on expliqué, parce que le corps n'a pas de caractères particuliers. L'Eveil ne peut non plus être trouvé mentalement, parce que l'esprit n'a pas de caractères particuliers. Il ne peut guère plus être trouvé spontanément, parce qu'une telle spontanéité ne serait autre que notre propre bouddhéité originelle, intrinsèque et innée. On ne peut pas non plus y parvenir à l'aide du Bouddha, ni à l'aide de l'absence de caractères spécifiques atteindre ce qui n'a pas de caractères particuliers, ni avec la vacuité trouver la vacuité, ni sur une voie trouver la Voie... Car au fond l'Eveil n'est pas une chose qui se puisse trouver et cette « introuvabilité » elle-même est introuvable également. C'est pourquoi il est dit qu'on ne peut y trouver la moindre réalité [16].

Voici mon unique requête : comprenez la nature de votre esprit fondamental ! Au moment même de cette claire compréhension, vous ne trouverez rien de tel qu'une caractéristique appelée « compréhension », et il est impossible de trouver quelque chose qui ne soit ni compréhension ni incompréhension. Comprendre cette méthode est une compréhension qui n'est pas uniquement une auto-perception [17]. Ne pas la comprendre, ce n'est pas non plus

14. Cf. C 27 n.
15. Arrivé à la 8e terre, le Bodhisattva reçoit des Bouddhas la prophétie de son Eveil. Cf. *Diamant*, ch. 14.
16. Cf. *Diamant*, ch. 14.
17. *Tse-kiue-tche*, littéralement : « connaissance issue d'une perception intime », la conscience discriminante (*che, vijñāna*), par contraste avec la sagesse (*tche, jñāna*).

être limité par une autre forme d'auto-perception [18]. Depuis les temps les plus reculés, il y a eu quelques personnes qui ont été capables de comprendre cette méthode et c'est d'eux qu'on dit qu'il y en a quelques-uns dans ce bas-monde qui « se sont oubliés eux-mêmes ». Mais ceux qui de nos jours « comprennent » du simple fait que leurs six sens font face à un mobile, à une situation objective, un texte sacré, un enseignement, une période, un moment, un nom, un mot, en quoi diffèrent-ils des automates ? Que vienne un homme qui ne théorise pas sur un nom, une particularité, moi, je dis de cet homme qu'il se confond avec les univers de tous les espaces. Mais un tel homme est introuvable parce qu'il ne peut exister d'autre homme que lui (pour le trouver). Les successeurs des Patriarches s'appellent encore « descendants de Śākya » [19], car ils forment tous ensemble une unité pure et sans confusion. Il est dit en ce sens que :

« Quand le roi devient Bouddha,
    Le prince se fait moine avec lui. [20] »

Mais voilà quelque chose de très difficile à comprendre.

Je vous demande de ne jamais rien chercher, car ce qu'on cherche, on le perd en le cherchant... Il y avait un imbécile qui criait tout en haut d'une montagne. Comme l'écho de son cri montait de la vallée, il dévala la montagne à la recherche de l'auteur de ce cri, mais il ne trouva personne. Alors, il poussa un autre cri, et cette fois l'écho lui répondit de la cime et l'imbécile rescalada la pente... Cela dure depuis mille vies, dix mille kalpas ! Il cherche une voix et court après un écho, malheureux promis à mourir et à renaître absurdement ! Quand vous n'aurez plus de voix, il n'y aura plus d'écho. Le nirvāṇa ne peut s'entendre, se

---

18. *Id.*, mais cette fois, cela signifie que l'incompréhension, bien que perçue et vécue comme telle, ne provient pas d'une éventuelle imperfection de la sagesse.
19. De Gautama, le Bouddha Śākyamuni, de la caste des Śākyas.
20. Source inconnue.

connaître, car il n'a pas de voix et transcende, vagues ou précises, toutes les traces. Comprenez cela et vous vous rapprocherez du maître-Patriarche !

12

— « Telle lame n'existe point en notre royal trésor[1]. » Je vous prie humblement de m'expliquer le sens de cette déclaration.

— Le « royal trésor » désigne l'essence du ciel, laquelle peut concentrer en elle-même les univers et les lieux de tous les espaces. Or, ceux-ci ne sont point extérieurs à votre esprit encore appelé « Bodhisattva Essence du Ciel »[2]. Quand vous dites qu'il existe ou qu'il n'existe pas, qu'il est réel ou illusoire, vous fabriquez des cornes de chamois[3], oui, des cornes de chamois. C'est exactement ce que vous recherchez !

13

— Y a-t-il un véritable sabre dans le trésor royal[1] ?
— Voilà encore des cornes de chamois !

1. Cf. A 7 n. 1 et 10 n. 5.
2. En sanskrit Ākāśagarbha.
3. Yang-kiao : yang, normalement « mouton », désigne ici le chamois, comme en C 7. Ses cornes symbolisent les passions (kleśa). La bouddhéité est comparée au diamant, la matière la plus dure, mais la tradition veut que le chamois ait la capacité de le briser avec ses cornes, ce qui est une façon de dire que nos passions entravent le jeu de notre nature. Cette explication vient du Soûtra du Diamant du Sixième Patriarche, in Ting, p. 485d.
1. Cf. section précédente, ainsi que A 7 n. 1 et 10 n. 5.

— S'il n'y a vraiment aucune lame dans le trésor royal, pourquoi est-il dit que le Prince s'empara de cette épée pour se rendre à l'étranger ? Pourquoi êtes-vous le seul à soutenir le contraire ?

— Ceux qui vont à l'étranger avec ce sabre au poing ne sont autres, allégoriquement, que les « délégués du Tathāgata »[2]. Quand vous dites que, l'épée du trésor au poing, le Prince va à l'étranger, il est nécessaire que de ce trésor le Prince reparte les mains vides. L'essence céleste originelle n'est pas quelque chose que l'on peut emporter. Quelle bêtise ! Si vous croyez ce genre de choses, vous vous faites pousser des cornes de chamois !

14

— Mahākāśyapa reçut le sceau spirituel du Bouddha[1]. Mais par la suite, le transmit-il avec des mots ?

— Oui.

— Alors, s'il le transmit avec des mots, ne portait-il pas, lui aussi, des cornes de chamois ?

— Kāśyapa comprit de lui-même son propre esprit. Il ne porte donc pas de cornes. Ceux qui comprennent l'esprit du Tathāgata connaissent son intention et savent que tous ses attributs formels sont autant de « délégués » de lui-même habilités à transmettre l'esprit en paroles. Ainsi Ānanda, qui servit le Bouddha pendant vingt ans, ne s'arrêta-t-il que sur ses attributs formels, et le Bouddha dut le réprimander : « Celui qui ne s'occupe que de sauver le monde ne peut se défaire de ses cornes de chamois[2]. »

2. *Jou-lai-che, tathāgatadhuta, °kṛtyakara* : ceux qui après la mort du Bouddha Śākya-muni ont préservé et propagé sa doctrine.
1. *Cf. A 7 n. 6.*
2. Sur la compassion, *cf. B 12 et n.* ; sur Ānanda, *cf. A 16 n. 8.*

15

— Que se passait-il lorsque Mañjuśrī leva son épée sur Gautama[1] ?

— Cinq cents Bodhisattvas étaient parvenus à la connaissance de leurs vies passées, mais cette vision mit à jour leurs obstacles karmiques... « Cinq cents » désigne votre corps en cinq agrégats où, voyant les obstacles dus à vos vies antérieures, vous cherchez le Bouddha, les Bodhisattvas et le nirvāṇa. Alors, Mañjuśrī brandit l'épée de la sagesse et de la compréhension afin de détruire l'idée d'un Bouddha éternel, et Gautama lui demanda en ce sens de « bien le tuer ».

— Quelle était cette épée ?

— La compréhension de l'esprit[2].

---

1. On peut lire au rouleau 105 du *Ta-pao-tsi-king (Ratnakuṭa)* qu'il y avait cinq cents Bodhisattvas qui, parvenus à la connaissance de leurs vies passées, prirent conscience des graves méfaits qu'ils avaient perpétrés pendant maints kalpas. La tristesse et le remords les empêchaient d'avoir la « conviction du sans-naissance », lorsque Mañjuśrī, qui connaissait leurs pensées, sortit de l'assemblée, se découvrit l'épaule droite, empoigna son épée et se jeta sur le Bhagavān pour l'occire. Le Bouddha lui dit : « Ne me fais pas de mal, mais si tu y tiens absolument, fais-le bien, au moins ! Pourquoi ? Parce que tout est une illusion magique. Il n'y a ni moi ni autrui, alors, qui tue, et qui est tué ? » A ces mots, tous les Bodhisattvas comprirent que leurs méfaits passés n'étaient qu'illusion magique et ils parvinrent à la conviction du sans-naissance.

2. *Kiai-sin :* Comprendre ce que désigne le concept opératoire « esprit ». Cette interprétation du sens symbolique de Mañjuśrī, en tant que « compréhension », était classique dans l'Ornementation fleurie. Cf. *San-cheng yuan-jong kouan-men* de Tch'eng-kouan, T. 1 882, vol. 54, p. 671b : « Samantabhadra symbolise toutes activités propres à l'éternelle perfection, comme le souligne notre soûtra, qui ne parle de Samantabhadra qu'en termes d'activités. Mañjuśrī représente la compréhension qui permet le déploiement de ces activités, du fait que c'est d'une compréhension exhaustive du principe ultime et des phénomènes que jaillit la maîtrise des expédients. Le Bienveillant (Maitreya) dit qu'il faut commencer par percevoir les aspects positifs de l'intellect, apprendre ensuite les activités des Bodhisattvas et enfin accéder à la libération. Tout cela n'est autre que la puissance et la majesté spirituelles de Mañjuśrī, parce que « Mañjuśrī est le maître spirituel de tous les Bouddhas », et qu'il n'est autre que « la force de la présence d'esprit ».

— Si cette compréhension est son épée, trancher l'idée d'un Bouddha éternel revient à dire qu'il est possible de détruire les états de l'esprit fondés sur une opinion. Comment cela se passe-t-il ?

— Usez de votre sagesse non-discriminante [3] pour en finir avec cet état d'esprit discriminant fondé sur l'éternalisme !

— Une fois dans un état d'esprit éternaliste et enquêteur, on le détruit avec l'épée de la sagesse non-discriminante, mais comment trouver pareille épée ?

— La sagesse non-discriminante infirme les opinions sur l'être et le non-être, mais cette non-discriminante sagesse n'est pas non plus quelque chose qui se puisse trouver.

— On ne peut détruire la sagesse avec la sagesse, ni couper une épée avec elle-même !

— L'épée s'abat sur elle-même, l'épée annule l'épée et il n'y a plus d'épée à trouver. La sagesse s'abat sur elle-même, la sagesse annule la sagesse et il n'y a plus de sagesse à trouver. Tel est le sens de l'expression : « Mère et fils, morts tous les deux [4]. »

16

— Qu'est-ce que « voir l'essence » [1] ?

— L'essence est vision et la vision, essence. Il ne faut pas tabler sur une essence pour « voir l'essence ». Entendre est essence, mais on ne peut tabler sur une essence pour « entendre l'essence ». C'est seulement si vous croyez à une essence que vous pourrez la voir ou l'entendre à travers l'émergence d'une autre réalité. On vous a clairement

3. *Wou-fen-pie-tche*, nirvikalpajñāna.
4. Sagesse causale et sagesse résultante se transcendent elles-mêmes au-delà de l'Eveil.

expliqué que l'objet vu ne voyait pas à son tour. Alors,
pourquoi vous poser sur la tête une autre tête[2] ? On vous a
encore dit qu'il en était comme d'un plateau où l'on ferait
rouler des perles de différentes tailles. Chaque perle ignore
les autres perles, jamais elles n'interfèrent et aucune perle
ne se dit en naissant : « Tiens, j'apparais. » Et aucune ne se
dit en disparaissant : « Je m'éteins. » Il en est exactement de
même pour les quatre naissances et les six destinées. Les
êtres vivants ne voient pas le Bouddha et le Bouddha ne voit
pas les êtres vivants. Les quatre fruits[3] ne voient pas les
quatre directions et les quatre directions ne voient pas les
quatre fruits. Les trois sages et les dix saints ne voient pas
l'éveil d'égalité et l'éveil merveilleux[4], l'éveil d'égalité et
l'éveil merveilleux ne voient pas les trois sages et les dix
saints. De la même façon, l'eau ne voit pas le feu et le feu ne
voit pas l'eau. La terre ne voit pas l'air et l'air ne voit pas la
terre. Les êtres vivants n'entrent pas dans le domaine
absolu et le Bouddha n'en sort pas. La nature des choses
demeure sans va-et-vient et n'est ni le sujet ni l'objet d'une
quelconque vision. Alors, pourquoi dites-vous : « Je vois »,
« j'entends », « j'ai trouvé la réalisation auprès d'un ami
spirituel », « mon maître m'a enseigné sa méthode », « les
Bouddhas viennent ici-bas pour instruire de leur méthode
les êtres vivants »... ? Kātyāyana ne faisait que transmettre
la méthode de la réalité sur le mode de la naissance suivie

1. *Kien-sing* : expression technique Tch'an. Voir absolument la bouddhéité de
son propre esprit. « "Voir l'essence" (jap. *kenshō*), c'est la bouddhéité, la réalité de
toutes choses, la nature de l'Esprit de tous les êtres vivants », dit Eihei Dōgen.
Voir, c'est la réalité, pas une réalité vue, mais un seul champ dynamique pouvant
infléchir son énergie en différents aspects : objectif, subjectif, non-duel... Cf.
Izutsu, « La structure du Soi dans le bouddhisme Zen », p. 49-118.
2. Comme Yajñadatta. Cf. *B 10 n. 9.*
3. *Sse-kouo, catuḥphala* : quatre résultats propres au petit véhicule. *Sse-siang*,
les quatre directions, tendances, désignent les processus menant respectivement à
ces quatre résultats *(Srotaāpanna, sakṛdāgamin, anāgamin, arhat).*
4. Sur les éveils d'égalité et merveilleux, ainsi que sur les trois sages et les dix
saints, *cf. A 2 n. 8 et C 11 n. 5.*

d'extinction des états de l'esprit, et Vimalakīrti dut vertement le semoncer[5]. Rien n'a jamais été enchaîné, lui signifia-t-il, alors, à quoi bon la délivrance ? Il n'y a jamais eu de souillure, alors, pourquoi une purification ? Il est dit en ce sens que « la Réalité est telle quelle et donc inexprimable ». Aujourd'hui, on ne fait qu'étudier une théorie de la connaissance particulière en combinant des pensées correctes et incorrectes, souillées et pures, et, parcourant le pays en tous sens, on finit par tomber sur quelqu'un dont on croit qu'il a un regard spirituel, qu'il est violent, ou encore, qu'il est doux... Mais c'est là s'éloigner de la chose autant que le ciel de la terre, et on ne peut plus parler de « voir l'essence ».

17

— Quand vous dites que l'essence n'est autre que la vision de l'essence et que cette vision est l'essence elle-même, cela revient à dire que cette essence est en soi tout à fait libre, sans mélange ni limites. Alors, pourquoi ce dont

5. L'arhat Kātyāyana naquit dans une famille de brahmânes d'Ujjayinī, capitale de l'Avanti. Le Bouddha lui confia la prédication dans son pays natal... Il disait : « Impermanentes sont toutes les formations, douloureuses sont toutes les formations, vides sont tous les dharmas, impersonnels sont tous les dharmas, calme est le nirvāṇa. » (Lamotte, p. 165). A cela, Vimalakīrti répondit : « Ne parle pas de dharmas doués d'activité, munis de production (: naissance) et munis de disparition (: extinction). Pourquoi ? Révérend Mahākātyāyana, absolument rien n'a été produit, n'est produit et ne sera produit ; absolument rien n'a disparu, ne disparaît et ne disparaîtra. Tel est le sens du mot « impermanent ». Comprendre que les cinq agrégats sont absolument sans nature propre et, par conséquent, sans naissance : tel est le sens du mot « douloureux ». Tous les dharmas sont absolument inexistants : tel est le sens du mot « vide ». Savoir que le moi et le non-moi ne constituent pas une dualité : tel est le sens du mot « impersonnel ». Celui qui est sans nature propre et sans nature étrangère ne s'enflamme pas, et ce qui ne s'enflamme pas ne s'éteint pas ; ce qui ne comporte aucune extinction est absolument éteint : tel est le sens du mot « calme »... Lamotte, p. 163 sq.

nous sommes séparés par quelque chose nous est-il invisible ? Et encore, pourquoi puis-je voir ce qui est proche de moi, alors que je ne puis voir ce qui est éloigné ?

— Voilà une opinion hétérodoxe née de votre méprise. En disant que les objets séparés sont invisibles et qu'il n'est rien de visible, on affirme que l'essence est une entité divisée et bloquée, ce qui n'a pas le moindre sens. L'essence n'a pour sûr rien à voir avec une vision ou une absence de vision. De même, la méthode spirituelle ne consiste pas en vision ou absence de vision. Celui qui voit l'essence ne trouve rien qui ne soit sa propre essence. Les six destinées et les quatre naissances, la terre couverte de montagnes et de fleuves, tout cela n'est rien d'autre que notre substance essentiellement pure et lumineuse. C'est en ce sens qu'il est dit :

« Voir la forme, c'est voir l'esprit,
Parce que forme et esprit sont indistincts [1]. »

Du simple fait d'entretenir sa conscience ordinaire en s'appropriant les caractères particuliers et de rejeter ce que l'on a sous les yeux pour imaginer un « voyant », on tombe sur le champ parmi les tenants des deux véhicules, lesquels s'appuient sur une compréhension théorique orientée. « Est visible dans l'espace ce qui est proche et invisible ce qui est éloigné », voilà bien une proposition propre aux infidèles. Il est clair qu'on ne parle pas de quelque chose d'intérieur ou d'extérieur, de proche ou de lointain. Ce qui, bien que proche, est invisible, c'est l'essence de toutes choses. Proche et malgré tout invisible, voilà qui donne hâtivement « invisible, donc éloigné », ce qui est absurde !

---

1. La forme désigne le visible, le tangible, etc., et l'esprit, l'invisible, l'intangible. Ce double aspect convient à tous les étants, « forme » s'appelant « corps » chez les êtres vivants.
Je n'ai pu identifier ce distique qui pourrait provenir du commentaire ésotérique du *Lotus* élaboré par Tsing-si des T'ang sous le titre des *Dix non-dualités*, dont la première est justement celle de la forme et de l'esprit.

18

— Révérend, que montrez-vous à l'étudiant qui ne comprend pas ?

— Je n'ai rien et je n'ai jamais rien donné à personne, alors que depuis des temps sans commencement des choses vous sont montrées, que vous cherchez à comprendre, soumettant ainsi le disciple et le maître au châtiment royal ! Sachez seulement ceci : restez insensible un seul instant et vous connaîtrez l'insensibilité du corps ; restez un seul instant sans représentations mentales et vous aurez un corps libre de représentations mentales ; ne vous laissez jamais aller à élaborer quoi que ce soit en esprit et vous aurez un corps sans constructions mentales ; et quand vous ne cogiterez pas, ne pronostiquerez point et ne discriminerez guère, votre corps sera libre des consciences discriminantes [1].

Un seul mouvement de la pensée, et vous voilà plongé dans les douze causes interdépendantes [2], où l'ignorance conditionne les formations mentales dans un rapport de cause à effet, et ainsi de suite jusqu'à la vieillesse et la mort. Aussi, lorsque le jeune Sudhana [3] se rendit à cent-dix

1. Le corps est ici l'agrégat de la forme, que suivent les quatre agrégats mentaux des sensations, des représentations, des constructions et des consciences.

2. L'émergence illusoire, puisque vide en essence, de tout être vivant, est conditionnée par des nœuds causaux suivant tous le même dodécuple enchaînement : l'ignorance conditionne les formations mentales, qui conditionnent les consciences discriminantes, les noms et les formes, les six organes des sens, le contact, les sensations, le désir, l'appropriation, l'existence, la renaissance et enfin la vieillesse et la mort.

3. *Chan-ts'ai-t'ong-tseu*. Dans le chapitre « de l'entrée dans le domaine absolu » du *Soûtra de l'ornementation fleurie*, le jeune prince Sudhana représente le Bodhisattva qui suit sa carrière. Ce sont cinquante-trois « amis » ou maîtres spirituels qu'il lui faudra (pourquoi Houang-po dit-il 110, le double ?) pour effectivement « entrer dans le domaine absolu ».

endroits différents en quête d'un ami spirituel, il ne faisait que chercher au sein même des douze causes interdépendantes. Pour finir, il consulta Maitreya[4], mais Maitreya lui montra alors Mañjuśrī, et Mañjuśrī n'est autre que votre ignorance originelle[5]. Pour celui qui discrimine dans l'esprit et cherche un ami spirituel ailleurs qu'en lui-même, ce qui instantanément apparaît s'éteint immédiatement, et ce qui vient de disparaître déjà réapparaît. « Ainsi, ô moines, naître, vieillir, être malade et mourir[6] », c'est payer de retour des causes par des effets ; dès lors, les cinq agrégats peuvent naître et s'éteindre. Or, les cinq agrégats sont aussi les « cinq ténébreux »[7], mais s'ils n'évoquent en vous pas la moindre pensée, les dix-huit sphères[8] sont vides. Les fleurs et les fruits de ce corps sont dans l'esprit « sagesse magique », autrement appelée « terrasse magique »[9]. Dès que vous vous attachez à quoi que ce soit, votre corps n'est

4. *Mi-le*, le futur Bouddha, le cinquième des mille Bouddhas du Bon Kalpa (le nôtre). Il symbolise ici le 52e degré de la carrière du Bodhisattva, l'éveil merveilleux (ou « transcendant ») : « Le jeune Sudhana arriva à sa 52e étape, au Palais de Vairocana. Il y consulta le Bodhisattva Maitreya. Il attendit quelques instants sur le seuil avant d'entrer puis, s'étant prosterné au pieds du Bodhisattva, il entra dans les sphères transcendantes de la contemplation... » Cf. *Wen-chou tche-nan t'ou-tsan* (« La boussole de Mañjuśrī, illustrée et mise en vers »), T. 1891, vol. 45, p. 804c.

5. Mañjuśrī fut le premier maître de Sudhana, symbolisant ici le premier contact avec l'esprit d'Eveil *(tch'ou-sin)*. Sudhana, en atteignant son but, Maitreya, découvre que sans l'ignorance originelle il ne peut y avoir d'Eveil originel et que Mañjuśrī est l'unité transcendante de l'ignorance et de la sagesse. Voyez Tch'eng-kouan, *op. cit.* et Shibata, p. 149-152.

6. Les quatre souffrances principales de l'être humain.

7. Houang-po emploie le mot *tseou* pour *skandha*, conventionnellement traduit par « agrégat ». Le mot usuel est *yun*, souvent confondu, ici à bon escient, avec *yin*, le principe d'obscurité par rapport au *yang*.

8. *Che-pa-kiai*, dix-huit sphères psychosensorielles. Six « organes » : yeux, oreilles, nez, papilles gustatives, corpuscules tactiles et système nerveux central (?*manas*) ; six « objets » : formes-couleurs, sons, odeurs, saveurs, tangibles et « entités » ; et six consciences discriminantes réunissant les organes avec leurs objets : consciences visuelle, auditive, olfactive, gustative, tactile et mentale.

9. L'expression vient de Tchouang-tseu, ch. 19 et 23, et désigne le cœur-esprit.

qu'un cadavre, un « démon garde-cadavre », comme on dit[10].

19

— Vimalakīrti garda le silence et Mañjuśrī lui donna son assentiment en ces termes : « Voilà la méthode du véritable accès à la non-dualité ! » Veuillez m'en dire plus[1] !

— La méthode de la non-dualité n'est autre que votre propre esprit. Dire et ne plus dire, c'est apparaître, puis disparaître. Quand on ne dit rien, on ne montre rien. D'où la louange de Mañjuśrī.

— Le silence de Vimalakīrti revient-il à l'abolition du son ?

— La parole est silence et le silence, parole. La parole et le silence ne sont pas deux entités distinctes. En ce sens, il est dit : « La vraie nature du son, elle non plus, ne s'abolit point. » Ce qu'entendit Mañjuśrī ne résulte pas non plus d'une abolition. En conséquence, le Tathāgata a toujours dit qu'il n'avait rien dit. Ce que dit le Tathāgata, c'est la Réalité, et cette Réalité est sa prédication. De même, les corps de jouissance et d'apparition, les Bodhisattvas, les Auditeurs, la terre couverte de montagnes et de fleuves, ces

10. Le grand immortel taoïste Liu Tong-pin se fit traiter de « démon garde-cadavre » par le maître de Tch'an Houang-long alors qu'il lui demandait ce qu'il fallait penser des drogues d'immortalité. D'après le *Wou-teng houei-yuan*, ch. 8. Cf. également *Le mangeur de brumes*, 247.

1. « Alors, Mañjuśrī prince héritier dit au licchavi Vimalakīrti : Fils de famille, maintenant que chacun d'entre nous a dit son mot (sur l'accès à la non-dualité), exposez-nous à votre tour ce qu'est la doctrine de la non-dualité.

« Le licchavi Vimalakīrti garda le silence.

« Mañjuśrī prince héritier donna son assentiment au licchavi Vimalakīrti et lui dit : Bien, bien, fils de famille : c'est cela l'entrée des Bodhisattvas dans la non-dualité. En cette matière, les phonèmes, les sons et les idées sont sans emploi. » *VMK*, ch. 8, § 33, Lamotte, p. 317.

canards, ce petit bois, tout cela, c'est la Réalité qu'il prêche.
Ainsi, il prêche aussi bien en parlant qu'en gardant le
silence, il prêche des jours entiers sans prêcher, et comme il
en est bien de la sorte, il ne se fonde que dans le silence.

20

— Les Auditeurs se cachent du triple monde sans
toutefois pouvoir se cacher dans l'Eveil [1]. Pourquoi ?
— Le corps qu'ils cachent n'est que matière. Les Auditeurs savent uniquement s'entraîner à abolir leur croyance
au triple monde. Dégagés des passions douloureuses, ils ne
peuvent pas se cacher dans l'Eveil. Alors, c'est le roi Yama [2]
lui-même qui les attrape pour les acculer à l'Eveil [3]. Ils se
retrouvent assis dans une forêt à se concocter un esprit
d'Eveil entaché d'opinions subtiles [4]. Quand le Bodhisattva
prend forme humaine, il ne rejette pas le triple monde ni
n'adopte l'Eveil. Ne rejetant rien, il ne cherche rien en
dehors des sept grands principes élémentaires [5] ; n'adoptant

1. L'Auditeur, donc, ayant reçu l'enseignement des quatre nobles vérités,
s'abîme dans la concentration, les recueillements, et met un terme à toutes ses
passions. Effrayé par la souffrance du triple monde, il s'en abstrait dans l'extase.
Or, comme « l'Eveil, ce sont les passions », il ne peut pas non plus se réfugier dans
l'Eveil.
2. Le roi des enfers, la mort.
3. Ils renaissent dans un milieu mahāyāniste.
4. L'esprit d'Eveil *(bodhicitta)* désigne la vacuité qui a pour noyau vital la
compassion. Cet « esprit » se cultive de manière relative par la méditation des
quatre immensurables (bienveillance, compassion, sympathie et équanimité),
l'échange de soi-même et d'autrui, etc., et les six transcendances ; et de manière
absolue, par la connaissance transcendante, laquelle reconnaît la vacuité du sujet,
de l'objet et de leur rapport.
5. *Ts'i-ta*, décrivent la totalité des choses, le domaine absolu : terre, eau, feu, air,
espace, sens et consciences. On trouve cette thèse dans le *Soûtra de la marche
héroïque*.

rien, les démons extérieurs ne lui trouvent aucune existence. Attardez-vous sur la moindre réalité et vous aurez fait trop tôt sécher la cire ! Quand le sceau s'imprime dans l'existence, c'est le dessin des quatre naissances et des six destinées qui apparaît, mais quand il s'imprime dans la vacuité, c'est le dessin de ce qui n'a aucune particularité qui apparaît. Vous n'avez qu'une seule chose à savoir : n'imposez ce sceau à rien ! Ce sceau, en fait, est le ciel, ni un ni deux, dont la vacuité a le non-vide pour principe, le sceau se résorbant dans l'inexistence. L'apparition des Bouddhas dans les univers de tous les espaces est pareille à l'éclair : on y voit tout ce qui rampe et vit comme un reflet, et les innombrables univers de tous les espaces comme une goutte d'eau dans la mer ; on y entend toutes les méthodes très-profondes comme dans une fantasmagorie, l'indifférenciation des esprits, l'indifférenciation des réalités, aussi bien que des milliers et des milliers de soûtras et de traités. Tout cela dépend de votre seul esprit, lorsqu'il est à même de ne s'approprier aucun de ses attributs[6]. C'est en ce sens qu'il est dit que

« Dans cet état d'esprit un,
Les expédients s'appliquent à l'ornementation[7]. »

21

— Que se serait-il passé si j'avais autrefois été dépecé par le roi Kālirāja ?
— Le rishi, c'est votre esprit, et Kālirāja, votre amour de

6. Ce qui revient à confondre un certain ensemble d'apparences avec une essence.
7. Cf. B 5 n. 5.
1. Voyez le ch. 14 du *Diamant* et la section *B 13.*

la quête. Kālirāja n'honorant pas sa royale condition est dit
« âpre au gain ». Quelle différence y a-t-il entre Kālirāja et
l'étudiant d'aujourd'hui qui veut étudier ce qu'il voit sans
accumuler de mérites ? Voir une forme, c'est arracher les
yeux du rishi. Entendre un son, c'est lui arracher les
oreilles. Sentir et connaître sont des tortures analogues, et
c'est ce que signifie l'expression « être dépecé ».

— Mais le rishi supportait ces sévices si sereinement
qu'il ne se percevait pas en train d'être dépecé. Il ne pouvait
pas alors être un coup patient, un coup impatient...

— Vous tombez dans la croyance au non-né. « Patience »
signifie capacité de supporter et non recherche, car toute
quête est une vraie blessure.

— Le rishi sentait-il de la douleur à être dépecé ? Mais, il
n'y avait personne pour ressentir quoi que ce soit : qui donc
aurait souffert ?

— Si vous ne souffrez pas, après quoi courez-vous comme
un fou ?

22

— La prophétie du Bouddha Dīpaṃkara s'accomplit-elle
en plus ou en moins de cinq cents ans[1] ?

— Pendant cinq cents ans, elle ne put s'accomplir.
« Prophétie » veut dire qu'au fond de vous-même, vous
n'oubliez ni ne perdez absolument rien de ce qui est

---

1. Le Bouddha Śākyamuni venait d'accomplir le deuxième kalpa de son
entraînement bodhisattvique lorsqu'il rencontra le Bouddha Dīpaṃkara. Il lui fit
l'offrande de cinq fleurs de lotus et sur son ample chevelure étalée dans la boue il
pria ce Bouddha de marcher pour ne point se salir. C'est alors que le Bouddha
Dīpaṃkara lui fit la prophétie de son Eveil. Cf. *Diamant*, ch. 17.
   Il existe toutes sortes de prophéties *(cheou-ki, vyâkaraṇa)*, dont la principale
consiste en l'annonce faite à un Bodhisattva de son Eveil total. « Cinq cents ans »
indique une longue durée à l'échelle humaine.

composé, sans toutefois vous approprier un quelconque éveil. Il faut clairement comprendre que le temps n'est pas le temps pour que cette prophétie s'accomplisse en moins de cinq cents ans tout en pouvant s'accomplir en bien plus de cinq cents ans.

— Est-ce là réaliser qu'aucun aspect du temps ne peut être trouvé[2] ?

— « Il n'y a pas la moindre réalité à trouver[3]. »

— Pourquoi dites-vous qu'il faut longtemps pour que cinq cents ans s'écoulent ?

— Cette durée de cinq cents ans est aussi celle de la vie du rishi[4], si bien que lorsque Dīpaṃkara fit sa prophétie, « il n'y avait là vraiment pas la moindre réalité ».

23

— On lit dans les enseignements qu'
« En dissolvant les concepts inversés (accumulés pendant) dix millions de kalpas,
J'ai maintenu le corps absolu sans qu'il me faille traverser d'autres kalpas immensurables[1]. »
Qu'est-ce que cela veut dire ?

— Pour atteindre la réalisation sur la voie des trois

2. Le temps perçu lorsque la conscience observe son écoulement et son apparente continuité : « Le Tathāgata enseigne que toutes les pensées sont des non-pensées, ce qui s'appelle "pensée" (esprit), parce que, ô Subhūti, les pensées passées sont introuvables, les pensées présentes sont introuvables, les pensées futures sont introuvables. » *Diamant*, ch. 18.

3. *Diamant*, ch. 22.

4. Cf. section précédente.

1. Cette citation vient du *Lotus*, ch. « Devadatta ». Elle expose la méthode de l'Eveil soudain, que démontre la fille de Sāgara, le roi des dragons marins. « Maintenir le corps absolu », c'est rester dans l'état naturel de l'esprit, préserver l'expérience de la conscience simple (en tibétain *ngo-bo skyong-ba*).

kalpas incalculables, on n'aurait pas encore assez de temps avec autant de kalpas qu'il y a de grains de sable dans le Gange. Quant à rester un seul instant dans l'état de corps absolu à voir l'essence directement et en toute clarté, cela revient aux discours les plus sublimes des trois véhicules[2]. Pourquoi ? Parce qu'il s'agit là encore d'une opinion convaincue sur un état de corps absolu susceptible d'être maintenu, et cela nous ramène à l'incompréhension de ce que signifient les enseignements officiels.

24

— Celui qui, voyant la Réalité, atteint soudainement la réalisation, comprend-il l'intention du maître-Patriarche[1] ?
— L'esprit du maître-Patriarche dépasse le ciel.
— Est-il limité, divisé ?
— Limites et divisions sont des mesures relatives, comme le dit le maître-Patriarche lui-même :

« Rien de limité,
Rien d'illimité,
Rien de limité ni d'illimité...[2] »

parce qu'il s'agit de l'absolu. Vous qui étudiez à présent, vous n'avez pas encore réussi à vous extraire des enseignements des trois véhicules et vous osez vous proclamer

2. Lesquels posent des buts bien définis, alors que Houang-po ne cesse de répéter avec le *Diamant* qu'atteindre l'Eveil, c'est ne rien atteindre de qualifiable, de prédicable, de particulier.

1. « L'intention du maître-Patriarche lorsqu'il vint d'Occident » *(tsou-che si-lai yi)* : Pourquoi Bodhidharma a-t-il quitté son royaume du Sud de l'Inde pour venir ici en Chine, en France, transmettre sa méthode spirituelle ? — « Le cyprès dans la cour », répondit Tchao-tcheou.

2. Source inconnue.

maîtres de Tch'an. Vous savez pourtant que pour étudier le Tch'an, il ne faut pas se laisser aller à concevoir par méprise des opinions hétérodoxes. Qui boit de l'eau sait par lui-même si elle est chaude ou froide. Le temps d'un acte ou d'un arrêt dans l'action, le plus bref instant sans la moindre différence entre deux moments successifs de conscience, voilà ce qu'il vous faut pour vous échapper du cercle des transmigrations[3].

25

— Le corps du Bouddha, n'étant pas composé, n'appartient à aucune catégorie. Comment expliquez-vous alors ce qu'on appelle « la guerre des reliques »[1] ?

— Vos opinions ne vous laissent voir que des reliques temporaires et non les vraies reliques du Bouddha.

— Ses vraies reliques font-elles partie de son être fondamental, ou bien ne représentent-elles que ses exploits[2] ?

— Elles n'appartiennent pas à son être fondamental ni ne relèvent de ses exploits.

---

3. Le saṃsāra.

1. Amlakapas, Bulayas, Rāmagrāmas, Kaulyas, Vṛṣṭhadîpas, Śākyas de Kapilavastu, Licchavis de Vaiśalî et Magadhas se précipitèrent à Kuśinagara chercher leur part des reliques du Tathāgata qui venait de s'éteindre. Voyant qu'entre Ajataśatru, roi du Magadha, et le râja de Kuśinagara, on en viendrait vite aux armes, le brahmâne Droṇa se chargea de partager les reliques en huit parts qu'il plaça dans huit urnes et remit aux huit rois...

L'expression « guerre des reliques » n'est pas la traduction exacte du chinois, qui dit « huit *kin* et quatre *teou* de reliques », *kin* et *teou* étant des unités de mesure.

« Alors, le cercueil d'or quitta son socle et s'éleva à une hauteur de sept palmiers. Il pirouetta dans l'espace et s'embrasa. En un clin d'œil, il ne fut plus que cendres dans lesquelles on recueillit huit *kin* et quatre *teou* de reliques. » *Lampe*, ch. 1, p. 205c.

2. *Kong-siun* : les mérites (*kong-tö*, *punya*).

— Si elles ne relèvent ni de son être fondamental ni de ses exploits, pourquoi les reliques du Tathāgata sont-elles « des quintessences uniquement, des os d'or fin et perdurable » [3] ?

Le maître alors gourmanda son interlocuteur :

« Comment prétendez-vous étudier le Tch'an quand vous entretenez de pareilles opinions ? Où avez-vous vu des os dans le ciel ? L'esprit des Bouddhas est comme le ciel, qu'allez-vous y chercher des os ?

— Mais des reliques, j'en vois bel et bien maintenant. Que sont-elles en réalité ?

— Ce sont vos conceptions erronées qui vous font voir des reliques.

— Mais vous, Révérend, vous portez sur vous de ces reliques, n'est-ce pas ? Voudriez-vous nous les montrer ?

— Il est difficile de voir les vraies reliques du Bouddha. Si vous pouviez seulement réduire en poussière la Montagne Transcendante [5] du simple bout de vos dix doigts, vous verriez alors les vraies reliques du Tathāgata. »

26

Or donc, pour étudier la Voie et consulter un maître de Tch'an, il faut, en toute situation, n'engendrer aucun état d'esprit particulier. La seule chose à dire est la suivante :

« L'oubli des mobiles est la prospérité de la Voie du Bouddha ;

3. Source inconnue.
4. Les mahāyānistes portent souvent autour du cou un boîtier contenant les reliques d'un maître, d'un grand saint, etc. Non seulement Houang-po porte-t-il des reliques, mais en plus il se prosterne devant les statues : serait-il attaché aux particularités ?
5. *Miao-kao-fong*, le mont Meru (Sumeru), l'*axis mundi*.

La discrimination œuvre à la splendeur des armées du diable[1]. »

Ultimement, il n'y a pas, ne serait-ce que la pointe d'un cheveux, « la moindre réalité qui se puisse trouver »[2].

27

— A qui le Patriarche, en transmettant sa méthode, la confia-t-il ?

— Il n'avait rien qu'il pût transmettre.

— Alors, pourquoi le Deuxième Patriarche lui demanda-t-il de « calmer son esprit »[1] ?

— Si vous dites qu'il y avait une méthode à communiquer, vous êtes forcé de conclure que le Deuxième Patriarche cherchait l'esprit et qu'il le trouva. Or, il est impossible, en le cherchant, de trouver l'esprit. C'est en ce sens qu'on vous dit que lorsque, enfin, votre esprit est calme, si vous y découvrez quoi que ce soit, vous succombez à nouveau aux cercles de ce qui naît pour s'éteindre.

1. Cf. B 3 n. 3.
2. Citation du *Diamant*, ch. 22, que nous connaissons bien.
1. En ce temps-là, Bodhidharma, le maître-Patriarche, séjournait au monastère de Chao-lin sur le mont Song. Il restait tout le jour silencieux, assis face à un mur, et comme nul n'entendait son comportement, on l'appelait « Brahmâne contemple-mur ».
Chen-kouang, un jeune moine érudit de Lo-yang, vint auprès de lui requérir sa méthode spirituelle, mais Dharma demeura immobile et silencieux. On était en octobre, et il neigea toute la nuit, mais Chen-kouang restait debout sans bouger devant la porte de Dharma. A l'aube, il avait de la neige à mi-cuisse...
« Qu'est-ce que tu cherches, planté là dans la neige ? lui demanda, pris de pitié, le maître.
— J'implore votre compassion, Révérend, fit Chen-kouang en pleurant. Ouvrez les vannes de votre réservoir d'ambroisie pour que ses flots aillent guérir la multitude !

28

— Le Bouddha épuise-t-il l'ignorance ?

— L'ignorance est le milieu même dans lequel tous les Bouddhas ont atteint la Voie, et de ce fait, les causes interdépendantes sont le lieu de la Voie[1]. La moindre particule de poussière, la moindre forme que l'on voit s'accorde avec la nature de la substance illimitée[2]. Levez le pied, reposez-le, vous ne quitterez jamais le lieu même de la Voie. Ce « lieu de la Voie » n'est rien qu'on puisse trouver, et

— Les Bouddhas ont fait effort pendant d'immenses kalpas pour atteindre la Voie suprême et merveilleuse, en pratiquant l'impraticable et en supportant l'insupportable. Comment des êtres de maigre vertu et de petite sagesse pourraient-ils aspirer au véhicule véritable sans souffrir inutilement ? »

A ces mots, Chen-kouang sentit son ardeur s'accroître et, s'emparant d'une lame acérée, il se coupa le bras gauche et le déposa aux pieds du maître. Celui-ci reconnut alors en lui un digne disciple. « Au début de leur quête de la Voie, fit-il, tous les Bouddhas oublient leur corps pour la spiritualité. Tu viens de te couper le bras devant moi et je vois par là que ta quête est fondée. Désormais, tu t'appelleras "Houei-k'o" » (« Fondé dans la connaissance transcendante »).

— Est-il possible d'entendre le sceau spirituel de tous les Bouddhas ?

— Aucun homme ne le peut.

— Mon esprit ignore la paix. Je vous supplie de l'apaiser.

— Apporte-moi ton esprit et je l'apaiserai.

— Je le cherche mais ne puis le trouver...

— Voilà, ton esprit connaît la paix... »

Cf. Lampe, ch. 3, p. 219b4-23.

1. « Il (le lieu de la Voie) est le siège de la production en dépendance parce qu'il va de la destruction de l'ignorance à la destruction de la vieillesse et de la mort. » VMK, ch. 3, § 58, Lamotte, p. 202.

2. T'i-sing, littéralement, « essence de la substance » : la réalité ultime de toute chose, et ce qu'il y a d'immuable en elle, s'appelle « essence », si bien que substance et essence s'équivalent. Ceux qui accèdent à la Réalité par la porte du « principe » (li) reconnaissent la consubstantialité et l'inséparabilité essentielles du Tathāgata et des êtres vivants.

moi, je vous dis que le seul fait de ne rien pouvoir trouver s'appelle « être assis dans le lieu de la Voie »[3].

— L'ignorance est-elle claire ou obscure[4]?

— Elle n'est ni claire ni obscure, car le clair et l'obscur relèvent de lois cycliques. L'ignorance n'est certes pas lumineuse, mais elle n'est pas obscure non plus, et cette non-luminosité n'est autre que la clarté fondamentale[5]. Cette déclaration à elle seule va embrouiller les esprits... Je préfère m'exprimer sur le mode provisoire pour satisfaire les gens. Tout le monde imite Śāriputra en s'efforçant de trouver un moyen de salut général, sans être capable de sonder la sagesse du Bouddha, dont la parfaitement libre connaissance dépasse le ciel... Mais voilà qui n'est pas un sujet de conversation pour vous !

Śākyamuni mesurait un trichiliomégachiliocosme lorsque, en une seule enjambée, un Bodhisattva le sauta de part en part. Il franchit d'un seul bond tous les univers d'un trichiliomégachiliocosme sans toutefois quitter un seul pore de Samantabhadra. Alors, lequel de vos talents particuliers allez-vous mettre à profit pour étudier ce fait[6]?

— Puisqu'il est impossible de l'étudier, pourquoi est-il dit que

« Non-duels sont le retour à la source et l'essence,
   Car les expédients sont riches en techniques[7]? »

3. « L'introuvable » est la méthode de la Connaissance Transcendante telle que l'expose le *Diamant*. Cf. Appendice.

4. En chinois, « ignorance » se dit *wou-ming*, « sans clarté », d'où la question.

5. La « clarté fondamentale », ou « originelle » (*pen-ming*, ou *yuan-ming*) décrit l'Eveil fondamental (*pen-kiue*), l'état naturel de l'esprit, comme une absolue pureté (vide) qu'illumine la grande connaissance (conscience).

6. Le mystère du domaine absolu, tel que l'explicite le *Soûtra de l'ornementation fleurie* : « Dans un seul de ses pores apparaissent d'inconcevables champs de Bouddhas qui exposent la méthode de libération dite « de la non-obstruction ». Voyez dans *VKM*, ch. 9, la rapidité avec laquelle le « Bodhisattva fictif » créé par Vimalakîrti saute par-dessus des « univers aussi nombreux que les grains de sable de quarante-deux Ganges... » Lamotte, p. 324 sq.

7. et 8. Source inconnue.

— La non-dualité du retour à la source et de l'essence est la véritable nature de l'ignorance, c'est-à-dire, l'essence de tous les Bouddhas. La richesse des expédients en techniques désigne, pour les Auditeurs, la vision de la naissance de l'ignorance et la vision de l'extinction de l'ignorance ; chez les Bouddhas Circonstantiels, elle désigne la vision de l'extinction de l'ignorance et la disparition de la vision de sa naissance : chaque instant de conscience témoigne de l'extinction dans la paix. Quant aux Bouddhas, ils voient que les êtres vivants naissent tout le jour, mais sans naître, et tout le jour sans s'éteindre s'éteignent, car ce qui ne passe pas par la naissance et l'extinction, c'est précisément le fruit du grand véhicule. Conséquemment il est dit :

« Quand le fruit est mûr,
L'Eveil est parfait ;
Quand la fleur s'épanouit,
L'univers émerge[8]. »

Lever le pied, c'est le Bouddha ; le reposer, les êtres vivants. On appelle les Bouddhas « Seigneurs des bipèdes »[9] parce que leurs jambes leur suffisent : si l'une est l'absolu, l'autre est le phénoménal. On y retrouve les êtres vivants, le cycle des morts et des renaissances, tout sans distinction, et cette complétude est cause de l'absence de toute recherche.

Vous voici maintenant à étudier le Bouddha pensée après pensée, mais cela n'est rien d'autre que de détester les êtres vivants, et qui déteste les êtres vivants conspue les Bouddhas de tous les espaces. Aussi, le Bouddha est venu dans ce bas-monde pour vider les pots d'aisance, pour

---

9. *Liang-tsou-tsouen*, *dvipadapati*, le prince des hommes et des dieux (« bi-pèdes »).

Ce qu'une jambe représente trouve en l'autre son complémentaire. En chinois, *tsou*, « pied », « jambe », signifie aussi « satisfaisant », « suffisant », d'où les jeux de mots quasiment intraduisibles auxquels se livre Houang-po.

« évacuer les excréments des jeux de mots »[10], simplement pour vous faire renoncer à ce que vous avez étudié de l'esprit et à ce que vous y avez vu. Complètement débarrassé de tout cela, vous ne pourrez plus tomber dans les jeux de mots. Cette « évacuation des excréments » que j'ai mentionnée n'a d'autre sens que de vous exhorter à ne pas produire de pensées, car lorsqu'on ne produit aucune pensée, on parvient tout naturellement à la grande sagesse, laquelle ne discrimine absolument pas entre le Bouddha et les êtres vivants, car elle n'établit aucune discrimination. C'est seulement alors qu'on entre dans notre école de Ts'ao-si. « Peu pratiquent ma méthode spirituelle, disait un saint d'autrefois, si bien que l'absence de pratique est ma méthode spirituelle »[11], rien d'autre que l'esprit un où les hommes, autant qu'ils sont, n'osent pénétrer, ou plutôt, pas tous, mais un petit nombre seulement le peut. Or, qui le peut est Bouddha.

Salut ![12]

29

— Comment parvient-on à un niveau d'où l'on ne tombe plus[1] ?
— Quand tout le jour on mange sans croquer un grain de riz, tout le jour on marche sans poser le pied sur un pouce

---

10. *Si-louen, prapañca :* On distingue deux sortes de « jeux de mots », ceux qui sont guidés par le désir-attachement et ceux qui se targuent de défendre une opinion philosophique. Il est bien entendu que ces jeux de mots ne sont pas strictement sonores, vocaux, verbaux. Ils désignent surtout l'endophasie, la ratiocination, et tous ces états de l'esprit marqués par des complications. La citation vient du *Lotus,* ch. « foi et compréhension ».

11. Source inconnue.

12. *Tchen-tchong,* « portez-vous bien ». J'ai adopté le « salut » de Demiéville, *in Lin-tsi,* p. 28 et n., p. 29.

carré de terre, quand on ne perçoit plus de moi, plus
d'autrui, plus de couples d'opposés, quand tout le jour on ne
s'écarte de rien de ce que l'on vit sans être séduit par les
objets, on peut s'appeler « homme libre ». D'instant en
instant, sans opinion sur quelque caractère particulier que
ce soit, on ne trouve plus de limites entre le passé, le présent
et le futur. Le passé ne s'éloigne pas, le présent n'est pas fixe
et le futur n'approche pas. Assis bien droit, paisiblement, on
se laisse aller sans retenue : c'est la « libération ».

Courage, faites effort ! Sur mille ou dix mille qui essaient,
seuls quatre ou cinq arrivent à quelque chose. Si vous ne
vous y mettez pas vraiment, un jour il vous arrivera
malheur, et en ce sens il est écrit :

> « C'est dans cette vie qu'il faut s'efforcer de tout comprendre
> Comment pourrait-on subir d'autres infortunes pendant
> maints kalpas [2] ? »

30

Lors de l'ère Ta-tchong des grands T'ang [1], le maître
s'éteignit dans sa montagne [2]. Siuan-tsong lui conféra le
titre posthume de « Maître de Tch'an Qui Tranche Les
Limites » [3]. Son stoûpa [4] porte le nom de « Vaste Activité ».

1. Comment progresse-t-on sans jamais régresser sur les 52 niveaux de la
carrière du Bodhisattva ?
2. Source inconnue.

1. L'ère Ta-tchong commença en 847 et prit fin en 859. C'est par pure
convention qu'on situe la mort du maître en 850 précisément.
2. Il doit s'agir du mont (ou du monastère) Houang-po à Kao-an près de
Hong-tcheou au Kiang-si.
3. L'empereur Siuan-tsong avait surnommé Houang-po « Maître de Tch'an au
Comportement Grossier » *(ts'ou-sing)*, mais l'histoire veut que P'ei Sieou lui-même
adressât une requête au souverain pour que le nom du maître ne fût pas si rude.
D'où l'euphémisme...
4. Monument funéraire contenant les reliques d'un saint.

COLOPHON

Le strict Ta Souen-tseu de Kin-ling [1], ayant avec dévotion gravé ce recueil en deux rouleaux, en fait l'humble offrande à ses parents et grands-parents. Que ces bonnes causes, profondément et longuement semées, permettent à tous d'accéder à la félicité suprême !

Centre de xylographie bouddhiste de Kin-ling, quatrième lune estivale de la dixième année de l'ère Kouang-siu (1884).

SARVAMANGALAM.

1. La région de Kin-ling correspond aux villes actuelles de Nankin et Kiang-ning.

SOÛTRA DU DIAMANT

Chapitre 14

« De l'extinction dans la paix en tant que détachement des concepts caractéristiques »

Or donc, tandis qu'il écoutait la prédication de ce soûtra, Subhūti en comprit profondément le sens et il se mit à pleurer à chaudes larmes. Puis il s'adressa au Bouddha :

« O rarissime Seigneur, avec l'œil de la connaissance que j'ai acquise par le passé, je n'ai jamais vu de texte aussi profond que celui que vous êtes en train d'enseigner. Seigneur, l'homme qui en entendant ce texte sera pris d'une foi toute pure connaîtra la Réalité, et il faut savoir que cet homme aura de la sorte accompli le plus essentiel et le plus rare de tous les mérites. Seigneur, cette Réalité ne peut être caractérisée et, pour cette raison, le Tathāgata l'appelle « Réalité ». Seigneur, j'ai foi en ce soûtra que je suis en train d'écouter, j'en comprends le sens, je l'ai reçu, je le détiens et il ne m'inspire aucune objection. Si dans cinq cents ans, parmi les êtres qui écoutent ce soûtra, il en est qui ont foi en lui, en comprennent le sens, le reçoivent et le détiennent, ceux-là seront les premiers et les plus rares parmi les hommes. En effet, ces hommes n'auront plus les concepts de

moi, d'autrui, d'êtres vivants et de longévité, parce que le
concept d'un moi n'est pas un concept caractéristique, le
concept d'un autre, le concept d'êtres vivants et le concept
de longévité ne sont aucunement des concepts caractéristiques (de la Réalité), car on appelle Bouddhas ceux qui se
sont détachés de tous les concepts (tentant de caractériser la
Réalité). »

Le Bouddha répondit à Subhūti :

« Certes, il en est bien ainsi. Rarissimes sont ceux qui
entendent ce soûtra sans trembler d'effroi, car le Tathāgata
y enseigne, ô Subhūti, que la première transcendance n'est
pas la première transcendance et qu'en ce sens elle s'appelle
transcendance. Il m'arriva, Subhūti, d'être dépecé par le roi
Kālirāja, mais je restai sans les concepts de moi, d'autrui,
d'êtres vivants et de longévité, parce que si alors que
chacune de mes articulations était disloquée, j'avais eu les
concepts de moi, d'autrui, d'êtres et de longévité, je me
serais nécessairement mis en colère. Or, Subhūti, je me
souviens qu'il y a cinq cents vies, j'étais le rishi de la
patience (Kṣāntyṛṣi) et que je n'avais point les concepts de
moi, d'autrui, d'êtres vivants et de longévité. C'est pourquoi, Subhūti, le Bodhisattva doit se détacher des concepts
caractéristiques lorsqu'il cultive l'esprit de l'Eveil suprême
et parfait. Son esprit ne doit pas se fixer sur les formes. Son
esprit ne doit pas se fixer sur les sons, les odeurs, les
saveurs, les tangibles et l'intelligible. Ce qu'il lui faut, c'est
avoir des pensées sans que jamais elles ne se fixent. Car si
son esprit se fixe en un point, il ne sera jamais vraiment fixé.
En conséquence, le Bouddha enseigne que le Bodhisattva
doit pratiquer la générosité sans fixer son esprit dans les
formes. C'est ainsi, Subhūti, que pour aider tous les êtres
vivants le Bodhisattva pratiquera la générosité. Le Tathāgata enseigne que tous les concepts ne sont point des concepts,
que les êtres vivants ne sont pas des êtres vivants. Or,
Subhūti, le Tathāgata est celui dont le discours est vrai,
réel, authentique, sans tromperie et sans singularité et,

Subhūti, la Réalité que le Tathāgata a trouvée n'est guère plus réelle qu'irréelle. Subhūti, le Bodhisattva qui pratique la générosité en fixant son esprit sur quoi que ce soit est comme un homme qui, dans une pièce obscure, ne voit rien. Le Bodhisattva qui pratique la générosité sans fixer son esprit sur quoi que ce soit est comme un homme qui voit, à la lumière du soleil, la variété des formes et des couleurs. Subhūti, il est des fils et des filles de bonne famille qui dans les époques à venir recevront, détiendront, liront et psalmodieront ce soûtra. Grâce à la sagesse du Bouddha, le Tathāgata les connaîtra et les verra tous, et tous ils accompliront des mérites incalculables et infinis. »

Traduit de la version chinoise de Kumārajīva.

BIBLIOGRAPHIE SOMMAIRE

Asanga, *The Changeless Nature (Mahâyanottaratantraśâstra)*, trad. Holmes, etc., Kagyu Samye-ling, Eskdalemuir, Dumfriesshire DG 130 QL, Angleterre, 1981.

Blofeld John (traduction), *The Zen Teaching of Huang Po*, Grove Press, Inc., New York, 12ᵉ impression, éd. originale 1958.

Chan Wing-tsit, *The Platform Scripture*, St. John's University Press, New York, 1963. Ouvrage bilingue.

Demiéville P., *Entretiens de Lin-tsi*, Fayard, Paris, 1972.

Despeux Catherine, *Les entretiens de Mazu*, Les Deux Océans, Paris, 1980.

Duyvendak J.-J.-L. (trad.), *Tao tö king, le livre de la voie et de la vertu*, Librairie d'Amérique et d'Orient, Adrien Maisonneuve, Paris, 1981.

Gernet Jacques, *Entretiens du maître de dhyâna Chen-houei du Ho-tsö (668-760)*, Publications de l'EFEO, vol. XXXI, Adrien Maisonneuve, Paris, 1977.

Hakeda Yoshito S. (trad.), *The Awakening of Faith*, attributed to Aśvaghoṣa, Columbia University Press, New York, 1967.

Hermès, Nouvelle série, n° 1, *Les voies de la Mystique*, Les Deux Océans, Paris, 1981.

N° 4, *Tch'an (Zen), racines et floraisons*, id., Paris, 1985.

Hsi-yun, *Le mental cosmique* (selon la doctrine de Huang Po), Adyar, Paris, 1951.

Iriya Yoshitaka, *Zenshin hôyô, Enryôroku (L'essentiel de la méthode de transmission de l'esprit* et *le Recueil de Wan-ling)*, Zen no goroku n° 8, Chikuma shôbô, Tôkyô, 1969.

Izutsu Toshihiko, *Le kôan zen*, Documents spirituels, Fayard, Paris, 1978.

Lamotte Etienne (trad.), *L'enseignement de Vimalakîrti*, Bibliothèque du Muséon, vol. 51, Publications Universitaires, Louvain, 1962.

Shibata Masumi, *Passe sans porte (Wou-men-kouan)*, Editions Traditionnelles, Paris, 1979.

Suzuki D.T., *Le non-mental selon la pensée Zen*, Trad. H. Benoît, Le Courrier du Livre, Paris, 1970.

Ting Fou-pao, *Fo-siue ta-ts'e-tien (Grand dictionnaire du bouddhisme)*, réédité par la Chine Populaire en 1984.

BIBLIOGRAPHIE SOMMAIRE

GLOSSAIRE

ADEPTE 學道人, « l'homme qui étudie la Voie ».

AFFECT 煩惱, *kleśa*, cf. PASSION.

AGRÉGAT 蘊, *skandha*.

les cinq —, *panca°* : formes-matière, sensations, représentations mentales, constructions mentales et consciences discriminantes.

AUDITEUR 聲聞, *śravaka* : adepte du petit véhicule.

BODHISATTVA 菩薩, « être dont l'essence est l'Eveil », adepte du grand véhicule.

BOIS ET PIERRE 木石, insensible et inconscient comme les « objets inanimés ». Cette expression vient de Mencius, mais le Tch'an lui donne le sens de non-esprit.

BOUDDHA 佛, *buddha* : « Eveillé ».

  — CIRCONSTANCIEL 緣覺, *pratyeka°* : adepte du petit véhicule.

  — POUR SOI 辟支, id.

BOUDDHÉITÉ 佛, *buddha* : « état de Bouddha ».

        佛性 *buddhatā* : id., « nature de Bouddha ».

CARACTÈRE PARTICULIER 相, *lakṣaṇa, nimitta*.

CAUSALITÉ 因果, *hetuphala* : cf. KARMA.

CAUSE 因, *hetu* : « cause primaire », le karma.

  緣, *pratyaya* : « circonstance(s) », « cause secondaire », les passions.

Chant Témoin de la voie 證道歌, de Siuan-kiue de Yong-kia des T'ang, T. 2014, vol. 48.

CŒUR 心 ,*hṛd* : l'organe.

  hdaya : la quintessence.

  citta : l'esprit, *q.v.*

Soûtra du — 心經 , *Hṛdayasûtra* : quintessence de la Prajñāpāramitā.

COÏNCIDENCE SILENCIEUSE 默契, réalisation, *satori*.

COLLIER DE PERLES 瓔珞經, nom d'un soûtra disciplinaire du grand véhicule.

COMPOSÉ 有為 , *saṃskṛta* : cf. A 15 n. 5.

   non- — , *aᵒ* : cf. INCOMPOSÉ.

CONNAISSANCE 般若 , *prajñā* : cf. A 5 n. 1.

CONNAISSANCES ET OPINIONS 知見 , *jñāna-dṛṣṭi* : différents préjugés théoriques.

CONSCIENCE 識 , *vijñāna* : « conscience discriminante ».

                    vijñapti : « information ».

   — ordinaire 見聞覺知 , *dṛṣṭa-śruta-mata-vijñāta* : « voir, entendre, sentir et connaître ».

CORPS 身 , *kāya*

   — absolu 法身 , *dharmaᵒ* : cf. A 5 n. 1.

   — de jouissance 報身 , *sambhogaᵒ*

   — d'apparition 應身 , *nirmāṇaᵒ*

COURAGE 精進 , *vīrya* : « effort enthousiaste », l'une des SIX TRANSCENDANCES, *q.v.*

DESTINÉE

   les six — 六趣 : ce sont les sphères des dieux, des antidieux, des hommes, des animaux, des esprits avides *(preta)* et des enfers.

DIABLE, DIABOLIQUE 魔 , *māra* : incarne 1) le mal en général et 2) les forces abêtissantes du monde du désir.

DIAMANT 金剛經 , *Vajracchedikā-prajñāpāramitā-sūtra* : titre abrégé du *Soûtra de la Connaissance Transcendante (qui est telle un) Diamant Coupeur.*

DISCRIMINATION 分別 , *vikalpa* : « division de l'esprit ».

DOMAINE ABSOLU 法界 , *dharmadhātu* : 1) l'ensemble du réel en tant qu'objet de l'organe mental ; 2) la dimension absolue, le vide, le système de la liberté parfaite, « le champ sous son aspect objectif » (Izutsu).

ÉGALITÉ 平等 , *samatā.*

ÉLÉMENT

   les quatre — 四大 , *caturmahābhūta* : terre, eau, feu et air.

   — du réel 法 , *dharma.*

ESPACE

   tous les — 十方 , « les dix orients », les quatre points cardinaux, les quatre points intermédiaires, le zénith et le nadir.

ESPRIT 心 , *citta* : « cœur, âme, pensée, sentiment... »

   — un 一心 , *ekaᵘ* : 1) unique, comme la Réalité ; et 2) unifié.

ÉTERNALISME 常見 , *śāśvata-dṛṣṭi* : opinion philosophique accordant à l'Eveil une existence concrète et éternelle, à l'opposé du nihilisme.

ÊTRE 有 , *bhāva* : l'étant, l'existant et l'existence.

   — en soi 我 , *ātman* : le moi, l'ego, l'essence (?)...

   non- — 無 , *abhāva* : 1) le néant, l'inexistence ; 2) l'au-delà de l'être et du non-être.

ÉVEIL 覺菩提, *bodhi*
— suprême et parfait 阿耨多羅三藐三菩提, *anuttara-samyak-sambodhi*
— de la foi 起信論, *Mahāyāna-śraddhotpāda-śāstra* : *Traité de l'éveil de la foi dans le grand véhicule*, attribué à Aśvaghosa et traduit en anglais par Hakeda, *q.v.*

ÉVEILLER (s'-) 悟, en japonais *satori* : une « réalisation ».

EXPÉDIENTS 方便, *upāya* : « moyens habiles ».

FILET DE BRAHMA 梵網經, *Brahmajāla-sūtra*.

FOI 信, *śraddhā*
La - en l'esprit 信心銘, poème Tch'an attribué à Seng-ts'an, T. 2011, vol. 48, p. 376c-377a, dont il existe de nombreuses traductions françaises et anglaises.

FOND 本, *mūla* : la situation perceptuelle avant tout noème. Cf. le *gzhi*, « base ou état fondamental de l'esprit » dans l'Atiyoga.

IGNORANCE 無明, *avidyā*.

INCOMPOSÉ 無為, *asamskrta* : le ciel, le nirvāna, la talité.

INFIDÈLE (S.) 外道, *tīrthika* : les éternalistes et les nihilistes.

INTROUVABLE, INTROUVABILITÉ cf. TROUVER.

JOYAU
les trois — 三寶, *triratna* : le refuge bouddhiste. Le Bouddha (1) est l'Eveil ; le *dharma* (2), sa méthode, ainsi que la Réalité de l'Eveil ; le *saṅgha* (3), l'ensemble harmonieux des adeptes de l'Eveil du Bouddha, détenteurs et pratiquants de sa méthode.

KĀLIRĀJA 歌利王, cf. C 21 et *Diamant*, ch. 14 en Appendice.

KALPA 劫, une gigantesque période cosmique.
— incalculable 阿僧祇劫無數劫時, *asamkhyeya*
trois — incalculables 三阿僧祇劫, *try°* : trois périodes d'un grand kalpa (*mahā°*) représentent l'évolution du Bodhisattva dans sa carrière jusqu'à la parfaite bouddhéité : les dix aspects de la foi, les dix stations (ou demeures), les dix activités et les dix dédicaces pour le premier kalpa ; de la première à la septième terre pour le deuxième ; et de la huitième à la dixième pour le troisième kalpa.

KARMA 業, nos actes et leur énergie.

KSANTYRSI 忍仙 nom de Bodhisattva du Bouddha Śākyamuni lors de l'épisode avec Kālirāja. Cf. C 21.

LAMPE titre abrégé de *La transmission de la lampe...*, *q.v.*

LAṄKĀ 楞迦經, *Laṅkāvatāra-sūtra* : titre abrégé du *Soûtra de l'entrée à Laṅkā*.

LIEU DE LA VOIE 道場, *bodhimaṇḍa* : « Le *bodhimaṇḍa*, utilisé comme siège, est un terrain ainsi dénommé parce que le *maṇḍa*, c'est-à-dire la quintessence de la Bodhi, y est présent. » « *Abhisamayālaṃkārālokā*, éd. Wogihara, Tôkyô, 1932-35, p. 206, 7 ; cité par Lamotte, *VMK*, p. 198, n. 105.

Lotus 正法蓮華經 , *Saddharmapundarīka-sūtra* : *Soûtra du Lotus Blanc de la Vraie Loi*, traduction française de Burnouf.

Marche héroïque 首楞嚴 *śūrangama* : 1) nom d'un recueillement ; 2) nom d'un soûtra, traduit en français par Lamotte.

Mérite 功德 , *punya* : acte bénéfique, et l'énergie qui en résulte.

Méthode 法 , *dharma* : « loi ». L'esprit, en tant que Réalité ultime est l'unique méthode spirituelle de Houang-po. C'est se fondre à la *loi* des choses que de la *réaliser*.

Mobile 機 : « au propre, le ressort qui déclenche un mécanisme (...) Se dit des occasions, des circonstances, des mobiles qui mettent en branle l'activité bénéfique du saint ou du maître, son travail... et en particulier des dispositions de ses disciples ou de ses auditeurs à recevoir son enseignement ; les disciples « mobilisent » le maître qui s'adapte à leurs dispositions... » Demiéville, *Lin-tsi*, p. 45 n.

Monde

le triple — 三界 , *trailokyadhātu* : le monde du désir (*kāmaloka*), le monde des formes (*rūpa°*) et le monde sans formes (*āraupya°*) : tout ce qui existe.

Naissance, Naître 生 , *jati* : venir à l'existence.

les quatre (modes de) naissance(s) 四生 , *catur-yoni* : dans un chorion, un œuf, dans l'humidité, ou par magie.

Nature 性 , *prakṛti* : essence, être même, substance svabhāva.

— des choses 法性 , *dharmatā* : la Réalité.

Nihilisme 斷見 *uccheda-dṛsti* : opinion philosophique niant absolument l'être de l'Eveil, à l'opposé de l'éternalisme.

Nirvāna 涅槃 , 1) l'Absolu et 2) titre abrégé du *Mahāparinirvāna-sūtra*.

Objet 境, *gocara, visaya* : « Là où l'esprit se promène et se démène, c'est l'objet. » « Tout ce que l'être pensant perçoit, comme actuellement distinct du sentiment de son existence individuelle. » (Maine de Biran)

Opinion 見 , *dṛsti* : préjugés théoriques, et non la « Vue » (*darśana*).

Ornementation 莊嚴 , *vyūha* : l'ensemble esthétique des attributs de la substance absolue, autrement dit, le jeu de la sagesse : univers, parures, marques majeures et mineures, etc.

— fleurie 華嚴經 , *Avatamsaka-sūtra*.

Passion 煩惱 , *kleśa* : « émotion négative ».

les six 六情 : orgueil, jalousie, désir, ignorance, avarice et haine, états de l'esprit créant les six destinées, *q.v.*

Production interdépendante 緣起 , *pratītyasamutpāda*

Réalité 法 , *dharma*

真實 , *bhūta*

Rishi 仙 , « voyant », « immortel », appellation du Bouddha.

Sage 賢 , *jñānin*

les trois — : les dix stations, les dix activités et les dix dédicaces.

SAGESSE 智 , *jñāna*
— sans écoulement 無漏智 , *anāsrava°*

SAINT 聖 , *ārya* : « extraordinaire »
les dix — 十聖 , les dix terres du Bodhisattva.

ŚĀKYAMUNI 釋迦 , Gautama, le Sage des Śākyas, le Bouddha dit historique.

SAMANTABHADRA 普賢 , « Perfection de Toujours » : Bodhisattva qui, dans le système de l'Ornementation fleurie, incarne le domaine absolu.

SAMSĀRA 生死/輪迴 « cycle, cercle vicieux des naissances et des morts ».

ŚĀRIPUTRA 舍利弗 : « était le principal disciple de Śākyamuni et le premier des grands sages (...) Sa haute réputation de sagesse lui valut plus tard d'être considéré comme un maître d'Abhidharma et d'intervenir dans les *mahāyānasūtra* à titre d'interlocuteur principal du Bouddha. » Lamotte, *VMK*, p. 141-142, n.

SCEAU 印 , *mudrā*
— spirituel 心印 , *cittamudrā* : unité transcendante du maître et du disciple dans l'esprit un. « Cachet », cf. Demiéville, *Lin-tsi*, p. 44 n.

SPHÈRES PSYCHOSENSORIELLES 界 , *dhātu*
les dix-huit — 十八界 : les six organes, leurs six objets et les six consciences. Cf. A 4 n. 3.

SUBSTANCE 體 : *dhātu* : le tout formant un ensemble, un corps organisé, « le champ dynamique total » (Izutsu).

TALITÉ 如 , *tathatā* : « ainsité », etc., en anglais *suchness*, « auto-identité de l'être avec lui-même ».

TATHĀGATA 如來 , le Bouddha en tant que personnification de la talité.
embryon du — 如來藏 , °*garbha* : notre potentiel bouddhique.

TEMPS
les trois — 三世 : le passé, le présent et le futur.

TERRE 地 , *bhūmi*
les dix — 十地 , *daśa°* : les degrés 40-50 de la carrière du Bodhisattva.

TRANSCENDANCE 度 , *pāramitā*
les six — 六度 : générosité, discipline, patience, courage, concentration et connaissance.

TRANSMISSION DE LA LAMPE (景德)傳燈錄 , de Tao-yuan (1004), T. 2076, vol. 51.

TRICHILIOMÉGACHILIOCOSME (La Vallée-Poussin)
trisahasramahāsahasralokadhātu : « champ de conversion » d'un seul Bouddha, composé d'un milliard (1 000³) de mondes, chacun comportant un mont Meru, quatre continents, huit sous-continents, soleil, lune...

TROUVER 得 , *labdh*—
qu'on ne peut — 不可得 , *anupalabdha* : impossibilité de saisir la Réalité

comme un objet sensible ou intelligible autrement qu'en transcendant toutes les catégories.

Ts'ao-si 曹溪 , lieu de prédication de Houei-neng.

école de — 曹溪宗 : école du Tch'an du Sud, dite aussi « subitiste ».

Vacuité 空 , *śūnyatā* : la Réalité absolue.

Véhicule 乘 , *yāna* : « approche spirituelle ».

grand — 大乘 , *mahāyāna*

petit — 小乘 , *hīnayāna*

— du Bouddha 佛乘 , *buddhayāna*

les trois — 三乘 , *yānatraya, triyāna*

le — unique 一乘 , *ekayāna*

les deux — 二乘 : le petit et le grand.

Vérité absolue 第一義諦 , *paramārthasatya*

— relative 世諦 , *saṃvṛttisatya*

Vide 空 , *śūnya* : sans essence

simple — 虛 : néant total.

Vimalakirti 淨名 Pur Renom, n.p.

維摩經 *Vimalakirti-nirdeśa-sūtra*, titre abrégé du *Soûtra enseigné par Vimalakirti*, traduit en français par Lamotte, *q.v.*

Voie 道 , *mārga* ; 1) l'état absolu et 2) la voie qui y conduit.

les six — de l'existence 六道 , cf. les six destinées.

Voir 見 , *dṛś* : la Réalité elle-même, transcendant toute dualité de voyant et de vu dans l'acte de la vision. Cf. C 16.

Yama 閻 : la mort personnifiée.

le vieux — 閻老 *yen-lao*, Jéformation de Yen-louo 閻羅 , Yamarāja, « le roi Yama ».

Ouvrages de Patrick Carré

La Montagne vide
Anthologie de la poésie chinoise
(en collab. avec Zéno Bianu)
Albin Michel, 1987

Le Palais des nuages
Phébus, 1989, 2002
« Pocket », 1990
Prix du premier roman
Prix Gutemberg

Yavana
Phébus, 1991

D'Elis à Taxila
Éloge de la vacuité
Critérion, 1991
repris sous le titre
Nostalgie de la vacuité
D'Elis à Taxila
Pauvert, 2000

L'Immortel
Philippe Picquier, 1992

Les Petits Chaos de l'étudiant Liu
Albin Michel, 1993
LGF, « Le Livre de poche », 1995

Dieux, tigres et amour
Miniatures indiennes du XVe au XXe siècle
Seuil, 1993

Un rêve tibétain
Albin Michel, 1994
LGF, « Le Livre de poche », 1996

Cornes de lièvre et plumes de tortue
Contes populaires du Tibet
Seuil, 1997

La Perle du dragon
Albin Michel, 1999

Être ici et maintenant
Caractères, 1999

L'Esprit du Népal
Les Newars et les dieux
Seuil, 2000

ÉDITION ET TRADUCTION

La Mangeur de brumes
L'œuvre de Han Shan, poète et vagabond
(traduction)
Phébus, 1985

Les Saisons bleues
L'œuvre de Wang Wei, poète et peintre
(traduction)
Phébus, 1989, 2004

Le Soûtra de l'Estrade du sixième patriarche Houei-neng
638-713
Ha-Fai
Seuil, « Points Sagesses » n° 99, 1995, 2011

Les Chamanes
Piers Vitebsky
(traduction)
Albin Michel, 1996

La Terre durera toujours
Poèmes d'Amérique indienne
(traduction)
Seuil, 1997

Le Rat
Une anthologie perverse
Barbara Hodgson
(traduction)
Seuil, 1997

L'Art de guérir au Tibet
Ian A. Baker
(traduction)
Seuil, 1998

L'Art de gouverner
Le livre des sages du Sud-de-Houai
Thomas Cleary
(traduction)
Calmann-Lévy, 1999

Pacifier l'esprit
Méditation sur les Quatre Nobles Vérités du Bouddha
Dalaï-Lama
(traduction)
Albin Michel, 1999
et « Spiritualités vivantes poche », 2007

Le Livre de la cour jaune
Classique taoïste des IVe-Ve siècles
(traduction)
Seuil, « Points Sagesses » n° 146, 1999

Soûtra de la liberté inconcevable
Les enseignements de Vimalakîrti
(traduction)
Fayard, 2000

Soûtra du diamant
Et autres soûtras de la voie médiane
(en collab. avec Philippe Cornu)
Fayard, 2001

Le Cycle du jour et de la nuit
Namkhai Norbu
(traduction)
Seuil, « Points Sagesses » n° 186, 2003

Soûtra des dix terres
(traduction)
Fayard, 2004

Introduction aux pratiques de la non-dualité
Sengzhao
(traduction)
Fayard, 2004

Soûtra du filet de Brâhma
(traduction)
Fayard, 2005

Soûtra de l'entrée à Lankâ
Lankâvatârasutrâ
(traduction)
Fayard, 2006

Les Mystères essentiels de l'entrée à Lankâ
Fazang
(traduction)
Fayard, 2007

Bonheur de la sagesse
Yongey Mingyur
(traduction)
Les Liens qui libèrent, 2010
LGF, « Le Livre de poche », 2011

IMPRESSION : NORMANDIE ROTO IMPRESSION S.A.S À LONRAI
DÉPÔT LÉGAL : SEPTEMBRE 1993 N° 20151-3 (1500728)
IMPRIMÉ EN FRANCE

Le Bouddhisme en « Points Sagesses »

INTRODUCTIONS

– Anonyme, *Dhammapada. La voie du Bouddha*, introduit, traduit du vietnamien et annoté par Le Dong, n° 171, 2002.
– Bouddha, *Paroles du Bouddha, tirées de la tradition primitive*, textes choisis, traduits et présentés par Jean Eracle, n° 40, 1991.
– Peter Harvey, *Le Bouddhisme. Enseignements, histoire, pratiques*, traduit de l'anglais par Sylvie Carteron, n° 215, 2006.
– Pankaj Mishra, *La Fin de la souffrance. Le Bouddha dans le monde*, traduit de l'anglais (Inde) par France Camus-Pichon, n° 220, 2007.
– Walpola Rahula, *L'Enseignement du Bouddha, d'après les textes les plus anciens*, n° 13, 1978.
– Môhan Wijayaratna, *Les Entretiens du Bouddha. La traduction intégrale de vingt et un textes du canon bouddhique*, traduit du pāli, n° 162, 2001.
–, *Sermons du Bouddha. La traduction intégrale de vingt textes du canon bouddhique*, traduit du pāli, n° 211, 2006.

ZEN ET TCH'AN

– Anonyme, *Le Traité de Bodhidharma. Première anthologie du bouddhisme chan,* traduit du chinois et commenté par Bernard Faure, n° 150, 2000.
– Bouddha, *Trois Soûtras et un traité de la Terre pure. Aux sources du bouddhisme mahâyâna*, introduction et traduction par Jean Eracle, n° 243, 2008.
– Thomas Cleary, *La Voix du samouraï. Pratiques de la stratégie au Japon*, traduit de l'anglais par Zéno Bianu, n° 46, 1992.

- Maître Dôgen, *La Vraie Loi, trésor de l'Œil. Textes choisis du Shôbôgenzô*, présentation, choix de textes, traduction du japonais et notes par Yoko Orimo, n° 189, 2004.
- Fa-hai, *Manifeste de l'Éveil. Le Soûtra de l'Estrade de Houei-neng*, traduit du chinois et commenté par Patrick Carré, n° 99, 2011.
- Nan Huai-Chin, *L'Expérience de l'Éveil*, traduit du chinois par Sylvie Hureau-Denis, François Toutain-Wang, Catherine Despeux, Shuhua Liang et Gabriele Goldfuss, n° 136, 1998.
- Philip Kapleau, *Questions zen*, traduit de l'anglais par Vincent Bardet, n° 45, 1992.
- Nguyen Huu Khoa, *Petite histoire du Tchan*, n° 130, 1998.
- Shinrân, *Sur le vrai bouddhisme de la Terre pure*, textes introduits, traduits du japonais et annotés par Jean Eracle, n° 80, 1994.
- Shunryu Suzuki, *Esprit zen, esprit neuf*, traduit de l'anglais (États-Unis) par Sylvie Carteron, n° 8, 1977.
- , *Libre de soi, libre de tout*, traduit de l'anglais (États-Unis) par Daniel Roche, préface d'Éric Rommeluère n° 286, 2013.
- Alan Watts, *L'Esprit du zen*, traduit de l'anglais par Marie-Béatrice Jehl, n° 201, 2005.
- Wumen Huikai, *La passe sans porte*, traduit du chinois et présenté par Catherine Despeux, n° 297, 2014.

BOUDDHISME TIBÉTAIN

- Anonyme, *Vie de Naropa. Tonnerre de grande béatitude*, présenté et traduit du tibétain par Marc Rozette, n° 198, 2004.
- Bernard Baudouin (éd.), *Préceptes de vie du Dalaï-Lama*, n° 182, 2003.
- Alexander Berzin, *L'Initiation de Kalachakra. Fondements théoriques et pratiques*, traduits de l'anglais (États-Unis) par Marie-Béatrice Jehl, n° 194, 2004.
- John Blofeld, *Le Bouddhisme tantrique du Tibet*, traduit de l'anglais par Sylvie Carteron, n° 5, 1976.

– Philippe Cornu (éd.), *Le Miroir du cœur. Tantra du Dzogchen*, traduit du tibétain et commenté par Philippe Cornu, n° 82, 1995
– Philippe Cornu, *Padmasambhava. La magie de l'Éveil*, n° 116, 1997.
– Dalaï-Lama et Sheng-yen, *Au cœur de l'éveil. Dialogue sur les bouddhismes tibétain et chinois*, traduit de l'anglais par Vincent Bardet, n° 214, 2006.
– Dalaï-Lama, *Cheminer vers l'Éveil*, traduit du tibétain par Jeffrey Hopkins, Ph. D., traduit de l'anglais par (États-Unis) par Alain Wang, n° 270, 2011.
–, *Conseils spirituels aux bouddhistes et aux chrétiens*, traduit de l'anglais par André Dommergues, n° 172, 2002.
–, *Du bonheur de vivre et de mourir en paix*, traduit de l'anglais par Claude B. Levenson, n° 147, 1999.
–, *Dzogchen. L'essence du cœur de la Grande Perfection*, traduit de l'anglais par Micheline Nataf, n° 203, 2005.
–, *Penser aux autres. La voie du bonheur*, édition, traduction du tibétain et avant-propos par Jeffrey Hopkins, Ph. D., traduit de l'anglais (États-Unis) par Alain Wang, n° 287, 2013.
–, *Se voir tel qu'on est*, édition, traduction du tibétain et avant-propos par Jeffrey Hopkins, Ph. D., traduit de l'anglais (États-Unis) par Alain Wang, n° 248, 2009.
–, *Les Voies spirituelles du bonheur*, traduit de l'anglais par Christian Charrier, n° 190, 2004.
–, *Le Yoga de la Sagesse*, traduit de l'anglais par Danièle et Audouin Soualle, n° 154, 2000.
– Jérôme Edou, *Machik Labdrön, femme et dakini du Tibet*, n° 188, 2003.
– Kamalashila, *Les Étapes de la méditation*, traduit du tibétain par Georges Driessens, n° 227, 2007.
– Longchenpa, *La Liberté naturelle de l'esprit*, présenté et traduit du tibétain par Philippe Cornu, n° 66, 1994.
– Fabrice Midal, *Mythes et dieux tibétains. Une entrée dans le monde sacré*, n° 152, 2000.

–, *La Pratique de l'*Éveil *de Tilopa à Trungpa. L'*école *Kagyü du boud-dhisme tibétain*, n° 119, 1997.

– Milarépa, *La Vie*, composé par Tsang Nyön Heruka, traduit du tibétain par Marie-José Lamothe, n° 159, 2001.

– Ajit Mookerjee et Madhu Khanna, *La Voie du tantra. Art, science, rituel*, traduit de l'anglais par Vincent Bardet, n° 192, 2004.

– Nagarjuna, *Conseils au roi*, traduit du tibétain par Georges Driessens, n° 155, 2000.

–, *Le Livre de la chance*, traduit du tibétain par Georges Driessens, n° 178, 2003.

–, *Traité du Milieu*, traduit du tibétain par Georges Driessens, sous la direction de Yonten Gyatso, n° 88, 1995.

– Douglas J. Penick, *Gesar de Ling. L'*épopée du guerrier de Shambhala, n° 241, 2008.

– Matthieu Ricard, *L'Esprit du Tibet. La vie et le monde de Dilgo Khyentsé, maître spirituel*, traduit de l'anglais et du tibétain par le comité de traduction Padmakara, n° 164, 2001.

– Dilgo Khyentsé Rinpoché, *Le Trésor du cœur des êtres éveillés. Pratique de la vue, de la méditation et de l'action*, traduit du tibétain par le comité de traduction Padmakara, n° 107, 1996.

– Kyabdjé Kalou Rinpoché, *La Voie du Bouddha selon la tradition tibétaine*, anthologie réalisée sous la direction de Lama Denis Teun-droup, n° 55, 1993.

– Shakyamuni, *La Perfection de sagesse. Soûtras courts du Grand Véhicule* suivi de *L'Enseignement d'Akshayamati*, traduit du tibétain par Georges Driessens, sous la direction de Yonten Gyatso, n° 103, 1996.

– Shantideva, *Vivre en héros pour l'*Éveil. Bodhisattvacharyavatara, traduit du tibétain par Georges Driessens, n° 56, 1993.

– Chögyam Trungpa, *Bardo. Au-delà de la folie*, traduit de l'anglais (États-Unis) par Stéphane Bédard, n° 85, 1995.

–, *Le Chemin est le but. Manuel de base de méditation bouddhique*, traduit de l'anglais (États-Unis) par Vincent Bardet, n° 219, 2007.

–, *Dharma et créativité*, traduit de l'anglais (États-Unis) par Stéphane Bédard, n° 183, 2003.

–, *Enseignements secrets. L'incandescence du réel*, traduit de l'anglais (États-Unis) par Vincent Bardet, n° 209, 2006.

–, *L'Entraînement de l'esprit. Et l'apprentissage de la bienveillance*, traduit de l'anglais (États-Unis) par Richard Gravel, n° 129, 1998.

–, *Folle sagesse* suivi de *Casse dogme* (par Zéno Bianu et Patrick Carré), traduit de l'anglais (États-Unis) par Zéno Bianu, n° 61, 1993.

–, *Jeu d'illusion. Vie et enseignement de Naropa*, traduit de l'anglais (États-Unis) par Stéphane Bédard, n° 118, 1997.

–, *Mandala. Un chaos ordonné*, traduit de l'anglais (États-Unis) par Richard Gravel, n° 74, 1994.

–, *Le Mythe de la liberté. Et la voie de la méditation*, traduit de l'anglais (États-Unis) par Vincent Bardet, n° 18, 1979.

–, *Pratique de la voie tibétaine. Au-delà du matérialisme spirituel*, traduit de l'anglais (États-Unis) par Vincent Bardet, n° 2, 1976.

–, *Shambhala. La voie sacrée du guerrier*, traduit de l'anglais (États-Unis) par Richard Gravel, n° 37, 1990,

–, *Tantra. La voie ultime*, traduit de l'anglais (États-Unis) par Vincent Bardet, n° 105, 1996.

–, *Voyage sans fin. La sagesse tantrique du Bouddha*, traduit de l'anglais (États-Unis) par Stéphane Bédard, n° 48, 1992.

– Tsangyang Gyatso, *L'Abeille turquoise. Chants d'amour du VIe Dalaï-Lama*, présenté et traduit du tibétain par Zéno Bianu, n° 102, 1996.

– Tenzin Wangyal, *Les Prodiges de l'esprit naturel. L'essence du Dzogchen dans la tradition bön originelle du Tibet*, traduit de l'anglais (États-Unis) par Horacio et Margo Sanchez, n° 151, 2000.